《我在岛屿读书》节目组 著

我在岛屿读书

在岛上，在书里，
发现心之所向

江苏凤凰文艺出版社

图书在版编目（CIP）数据

我在岛屿读书 /《我在岛屿读书》节目组著 . -- 南京 : 江苏凤凰文艺出版社 , 2024.4（2024.4 重印）
ISBN 978-7-5594-8192-4

Ⅰ . ①我… Ⅱ . ①我… Ⅲ . ①散文集—中国—当代 Ⅳ . ① I267

中国国家版本馆 CIP 数据核字 (2024) 第 008179 号

我在岛屿读书
《我在岛屿读书》节目组 著

责任编辑	白 涵
特约编辑	丛龙艳
装帧设计	与众设计
责任印制	杨 丹
出版发行	江苏凤凰文艺出版社
	南京市中央路 165 号, 邮编: 210009
网 址	http://www.jswenyi.com
印 刷	天津中印联印务有限公司
开 本	880 毫米 ×1230 毫米　1/32
印 张	9.75
字 数	250 千字
版 次	2024 年 4 月第 1 版
印 次	2024 年 4 月第 2 次印刷
书 号	ISBN 978-7-5594-8192-4
定 价	68.00 元

江苏凤凰文艺版图书凡印刷、装订错误，可向出版社调换，联系电话：025-83280257

Contents
目录

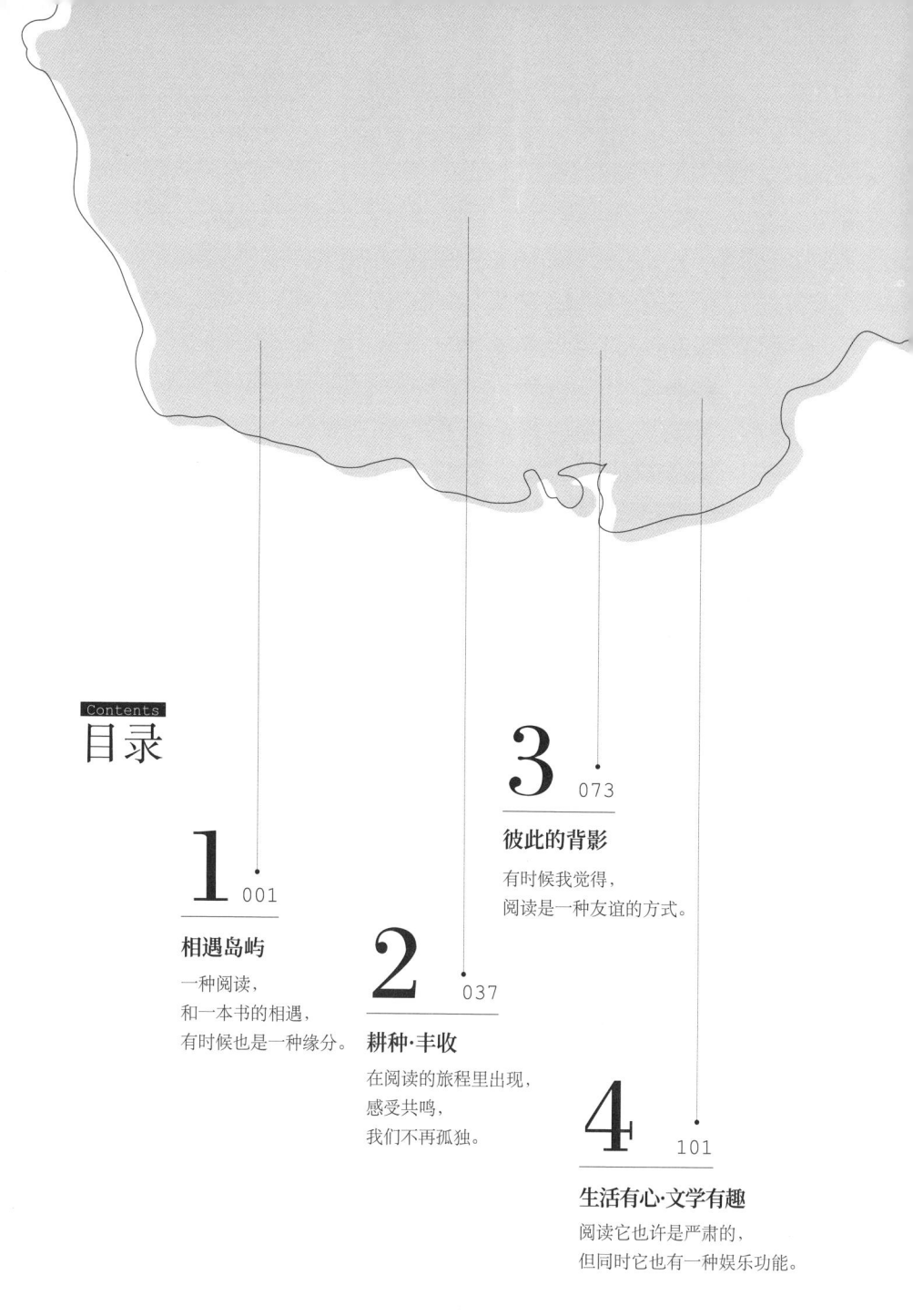

1 001

相遇岛屿

一种阅读,
和一本书的相遇,
有时候也是一种缘分。

2 037

耕种·丰收

在阅读的旅程里出现,
感受共鸣,
我们不再孤独。

3 073

彼此的背影

有时候我觉得,
阅读是一种友谊的方式。

4 101

生活有心·文学有趣

阅读它也许是严肃的,
但同时它也有一种娱乐功能。

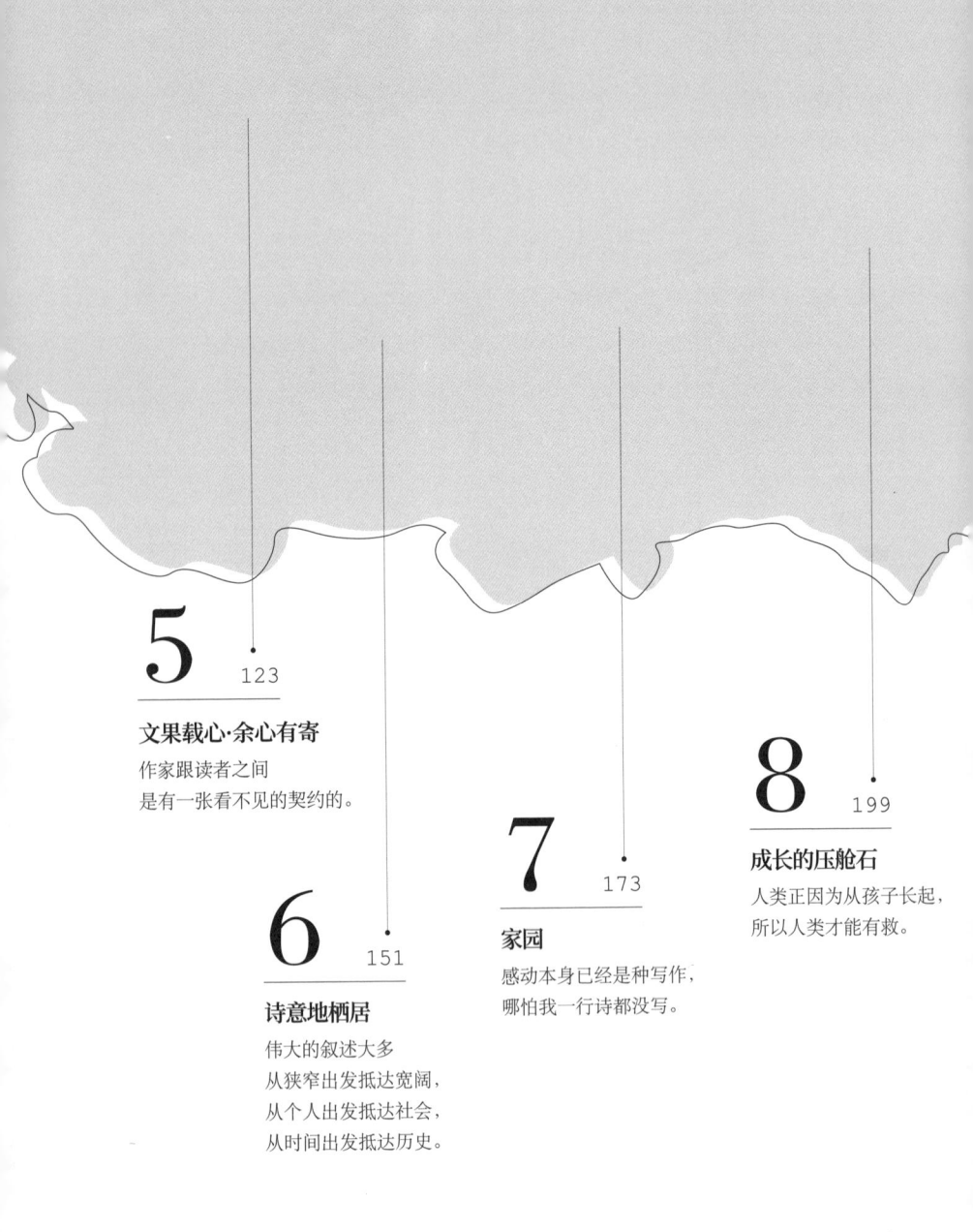

5
123
文果载心·余心有寄
作家跟读者之间
是有一张看不见的契约的。

6
151
诗意地栖居
伟大的叙述大多
从狭窄出发抵达宽阔，
从个人出发抵达社会，
从时间出发抵达历史。

7
173
家园
感动本身已经是种写作，
哪怕我一行诗都没写。

8
199
成长的压舱石
人类正因为从孩子长起，
所以人类才能有救。

9 215

我们这一代

好的影像应该
是能够表达内心深处的
那种精神性。

10 239

大海·岩石·文学·电影

文字和影像都是当事人，
这是一场恋爱。

11 261

文学无界

我们都认为文学应该是优雅的，
粗俗不是文学，
其实文学什么风格都应该有。

12 287

我在岛屿读书

离开了阅读的精神世界，
几乎很难说就是精神世界了。

从现在开始，我们去一座岛屿读书吧。在岛上，背靠书屋，面朝大海，天高云淡，渚清沙白，身边有文学名家相伴，随时与你侃侃而谈。

分界洲岛
东经：110° 北纬：18°

我在岛屿读书

1/12

相遇岛屿

苏童：阅读，引领人的内心生活，哺育人的精神世界，让你了解他人，也让你探索自我。

西川：阅读是我生活中自然而然的一部分，我肯定是被阅读塑造了，除了此世界，我有另外的世界。

余华：因为人是很容易沦陷在自我里面，而阅读是可以把他打开的，让他出来看到大海是那么宽广，天空是那么无边无际，他的心情就会不一样。

人海车流，市声如潮，静心阅读让你我在这个世界多了份依靠。
阅读，当然可以随心所至，在地铁，在路边，在家里，在图书馆……
阅读，自然也少不了仪式与氛围——让我们相约去一座岛屿读书吧。在岛上，背靠书屋，面朝大海，天高云淡，渚清沙白，身边有文学名家相伴，随时与你侃侃而谈。

走吧，跟随苏童、余华、西川等老师的脚步，前往海南分界洲岛，期待着一场别样的相遇。

余华：我不知道最终会在岛上发生什么。

苏童：这一次我们相约在岛屿，在一间书屋重逢，像笔会中的老友，去感受一片孤绝美丽的风景；像将要出炉的新人，去谋划一篇编辑搭档的约稿；像诗与歌的读者，去朗读一段当年钟情的句子；像最上瘾的书迷，去阅读一本爱不释手的好书。我被岛屿读书召唤而来，让读者和观众，遇见真正的我。

余华：和一群老朋友相聚在那个岛上，分享这些年来阅读的经验和体会。

西川：也许在我跟书屋走在一起的时候，会产生一些有意味的东西，我相信它一定是有诗意的。

相遇 🏠 作家的书屋

　　海风轻柔，海水变成流动的蓝天。分界洲岛，青葱一片，高大椰树枝叶扶疏，如绿孔雀抖动着尾羽，一条石块铺就的小路通向椰树下的书屋。

　　书屋系岛上三间老屋改造而成，蓝砖砌墙，白灰抹缝，中间会客，两侧置书，计有五千余册。木制书架，白色灯盏，间置绿色盆栽，朴雅大方。

　　房琪第一个踏上岛屿，哼着歌谣，轻快地奔向书屋。她对岛屿读书之旅充满期待，也对余华、苏童、西川等诸位老师充满了好奇，想见识一下生活中的他们，倾听他们的思考、体悟，结识那些经典篇章，寻找为何阅读、

相遇岛屿

如何阅读好书的答案。

苏童、西川、余华相继而来。

苏童的目光里含着好奇与热切，在书屋转过一圈后，坐到书桌前，悠然远望。书桌临窗，窗对大海。清风吹拂，风铃悠然作响，余音缕缕不绝；碧波轻荡，白船游弋，远山如卧鲸，似是随时会游走的样子。

"坐下来一看，眼睛里头就是一片大海，坐在这样的窗边，面朝大海的时候，有一种特别美好的感觉，甚至是幻觉。"苏童感慨道。

房琪问："您理想中的书屋应该是什么样子，有这种期待吗？"

"这个书屋真是离理想不远了，"苏童说，"主要是面朝大海。"

"真的是春暖花开了。"

"春暖花开倒也不必，秋雨萧瑟也是美的，"苏童看着由棕榈叶搭建的窗棚，"而且我觉得这窗子真不要修饰，这个多好，就用棕榈叶遮着，不能弄得太精致……"

西川似乎永远在思考，思绪与双腿时刻都在行进中。他同苏童招呼过后，径直走向书架，边看书边整理："这个书屋还真有一些不错的书，是真正值得一读的书。我一看到书架，发现这些书没有顺序，就自动给它们调整：哪些书是一个类别，什么书该跟什么书挨着，应该放在什么地方。它们是有结构的，一本书有它的结构，一群书也照样有一个结构。倒腾书是个体力活，同时也是个乐趣。"

书架上还有一些唱片，西川拿起唱片端详："我对于阅读的理解比较宽泛，不光看书是阅读，看画也是阅读，听音乐也是阅读，而且很多音乐人跟文学有密切的关系：一个是鲍勃·迪伦，另一个是加拿大的莱昂纳德·科恩。有些好的歌词，我们认为就是诗歌。"

"他们都到了——"余华面带微笑，语气明快。

还未进屋，苏童便亲切地喊道："余华，登记，你在这个人间最美好的看书的位置只能是003号了。"

余华边笑着应答，边拿起笔，在本子上郑重签名，写上"003号"："跨进书屋了，我既是作者也是读者，但是作为读者更重要，因为读者指引作者如何写作。"

房琪见老师们对书屋颇喜，聊兴甚浓，提议："各位老师，我们是不是可以给这个书屋起一个名字？因为我们走了之后，这个书屋会留在岛上。"

苏童说："这个要慎重，否则，你随便起一个，就对不起这么有意思的地方。"

西川接口道："我想到一个名字，可以叫'转念'——一转念，念头转了，一进这屋，换一想法。"

"这个太'诗人'了吧？"余华道。

苏童说:"这个太有禅意了。"

西川笑道:"那就叫'一根筋',一根筋到底。"

余华说:"这个名字,只怕没人进来看书的。'转念书屋'我觉得不合适,为什么呢?人本想进来看书,结果'一转念',不想看了,然后就走开了,这个书屋就白盖了——我们这个地方不是叫分界洲岛嘛,叫'分界书屋'。"

"'分界'还不错,'分界书屋',"西川放下手中的笔筒,盯着站在铺了宣纸的书案前的余华说,"我已经看出来了,你打算写下来。"

余华哈哈笑着:"不会写,我是站在这儿想起来的,等欧阳江河来了写,欧阳江河字写得好。"

房琪说:"那我们的书屋就有名字了,就叫'分界书屋'。"

苏童赞同:"这名字很漂亮。"

余华说出自己的见解:"到了这个分界洲岛,进入分界书屋以后,把你的生活分出两部分来,一部分是你的物质生活,另一部分是你的精神生活。分界,就是你可以把一个事物分开来看,不要总是从一个角度去看,你可以从多个角度去看。我们希望在这个分界洲岛里边有这么一个分界书屋能够长存下去。"

苏童也讲出自己对"分界书屋"的感受:"当你走到这个分界书屋时,便从原先那个嘈杂、忙碌的生活当中挣脱出来了。走到这个界限,可以看到海,可以看到书,当你捧起一本书来,哪怕看三页、看十页,那都是一种姿态——分界的姿态,我觉得非常好。"

房琪再问:"老师,那你们家的书屋都什么样子?"

苏童说:"我家的书屋其实没什么可说的,因为我的书大都堆在客厅的桌子上。我没有一个巨大的空间做书房,主要房间是生活用的,只有一间供我写作用的小书房。书房里只有一个书架,十几平方米——反正谈不上是好的书房。当然也有书房特别讲究的,比如叶兆言家,就是最有名的。叶兆言的父亲叶至诚先生,特别有意思。一套房子三室吧,大概两室半厅全是书,虽然不叫书房,但全堆着书。他(叶至诚)去世前几年,还在南京杨公井的一个书店里买书。我看到老头儿背着手,淘书很认真,他就一直保持那个习惯,而且他买的书特别时髦——唐纳德·巴塞尔姆[1]。"

西川有些惊讶:"他还读这个?"

苏童不由得笑道:"我很好奇,甚至有点吃惊,问:'你喜欢他吗?'他说:'我看见这个书就想买。'其实呢,叶老先生并不一定读它。所以,对书,对书房,大家要求都不一样。"

西川指指分界书屋:"我的书比这儿多,我的书屋不在家里,另外有地方,不妨叫作'工作室'。房子嘛,很普通,但里面全是书架。书太多,放不下,只要我进新书,就得腾出一些老书,拿到别处去——我在图书馆工作过,管理过图书,楼上楼下,数量巨大,书籍的摆架、存放、管理都是很复杂的事情。比如,图书馆里的一些善本,该怎么保存呢?真正珍贵的书,专门放在一个库里。那些老的宣纸书没问题,倒是民国时期的书籍不好保存。民国有一段时期的书籍,是用道林纸印刷,这些纸张不好保存,打开就碎,很多书就非常金贵了。图书馆有一个工作,就是抢救这些书,把它们拍下来。读者看到的也不再是原本,而是照片资料。"

余华说:"海明威说过'作家的书房在哪里,他的家才在哪里'。我

---

[1] 唐纳德·巴塞尔姆,美国后现代主义小说家,代表作《巴塞尔姆的白雪公主》。

相遇岛屿

有五六十箱书吧,书房来回搬——因为我老是搬家,从北京搬回海盐,又从海盐搬到嘉兴,等我从嘉兴再搬回北京的时候,你知道我办了什么愚蠢的事情吗?把书全搬回北京,却把所有的信件都烧了——"

众人听得一阵惋惜。

"铁生给我写了十多封信,莫言也给我写了很多信。"余华笑着对苏童道,"就你给我写的信最无聊,我印象特别深刻:'余华兄,能不能给我们《钟山》第 × 期——那时候他还在《钟山》当编辑——写一篇小说。'"

苏童笑着插话道:"最后是'握手'。"

"对,他是用圆珠笔写的,下手很重。"余华笑着比画了个抬手看信的动作,"结果我一看,上面印着上一封的抬头'铁凝姐',下面的话一模一样。"

西川解释:"就是上一张的笔迹印在了你这封信的上面。"

余华说:"完全一样!"

房琪笑道:"这不是群发短信吗?"

众人大笑。

余华感慨:"所以我觉得当时烧那些信特别可惜,很愚蠢!"

相遇 & 老友记

开饭时间到。书屋外,凉亭边,长方小木桌上摆了白色碗盘,盛着当地的特色菜和小吃:清补凉、五指山野菜、东山羊肉。菜食精致,色香俱佳,打开了与"海南"相关的文学话题。

房琪问道:"老师,你们那个年代在一起开笔会的时候,大家性格就是这样吗?"

余华拈颗花生米放到嘴里:"对,差不多。"

苏童回忆说:"我们当年在海南岛办一个笔会。我二十多岁,从北京

相遇岛屿

机场把史铁生背上飞机,然后从湛江坐轮船到海口,所有交通工具的转换,我一直要背着史铁生。我记得他的体温,从某种意义上,觉得自己背着一个圣洁的文学灵魂。我很爱史铁生。从《我的遥远的清平湾》[1],铁生走向文坛。之后,他又有一本《我与地坛》[2],大家都读过。每当走到地坛,你会想起一个关于母亲呼唤儿子的故事。从某种意义上说,徘徊在地坛的

---

1 《我的遥远的清平湾》,史铁生个人作品集,其中的同名短篇小说以抒情散文的笔法,为读者展示了陕北人民的朴实忠厚、积极乐观的性格,激发人们思考人生、思考社会。

2 《我与地坛》,史铁生个人作品集,其中的同名散文是作者十五年间摇着轮椅在地坛思索的结晶,文章共分为七个部分,其中饱含作者对人生的种种感悟、对亲情的深情讴歌。

那个'史铁生',浓缩了很多人的影子。我们谈起铁生来,会特别感伤,又很有感触,就是这种很真挚的情感。"

"铁生给我写过封信,告诉我一个好消息,说他分到了一个四居室。"余华转向苏童问,"你去过他那个房子吗?"

苏童摇头:"我没有,他后来的房子我没去过,我去过他的四合院。"

余华接着谈那封信的内容:"他跟我说,他分到了一个四居室。给我印象特别深的是,他说又装了个电话,还给我留了一个电话号码。信的结尾处是:'我是这个世界上最幸运的人。'"

苏童感慨:"他是时刻赞美这个世界。"

余华说:"对,他真的是赞美这个世界!一般像这样遭受着病痛折磨的人,对世界有一种畸形的看法。铁生是一个对世界没有任何恶意的人,而且连怨言都没有,完全没有。"

余华说:"铁生对这个世界充满了爱,真是这么一个人。"

苏童说:"我就是一个搬运工——人体搬运工。除背铁生外,我还背过叶兆言。"

西川抬头看向苏童:"你怎么还背过叶兆言?"

苏童边比画边笑着说:"叶兆言有一阵,身体一塌糊涂,突然就会脸色煞白。我总不能说'你在这儿躺着,我自己走',于是就背他,背过不止一次。"

"所以你们就建立了这样一种友谊,他就知道,跟着你出来,他永远都有人背。"西川说。

"他到现在还是这样。因为他也不认识路,慌慌忙忙,有我在,他心里就很安定,知道还有人背他。"苏童又谈到了路遥,"我当时是《钟山》杂志最年轻的编辑,我们的重要任务就是要在全国天南海北找到最优秀的作家。所以有一年,我就去了西安,找到路遥[3]家。路遥当时就蹲在自行车

---

3 路遥,当代作家。他深入生活、扎根人民,将文学创作结合改革开放的伟大实践,用心用情抒写普通人物的故事,代表作《平凡的世界》《人生》等。

棚里头写《平凡的世界》[4]。他皮肤什么的都是黄的，完全是被一部作品熬的——你知道吗，像灯油一样在熬，为一部作品。这个给我的印象极其深刻。这么多年，《平凡的世界》成了我们当代文学的一面旗帜，他塑造了一种中国人向上的精神，给我们精神营养，成为一代又一代人阅读的经典。"

大家一时无语，归入沉默。远处海浪声声，平静而舒缓地拍打岛屿，像安慰，也像召唤。

面向大海，海风清凉，自在入怀，似乎连人与人之间的距离也都被刮跑了。

房琪有些感慨："刚才跟老师们聊天，我发现原来你们是这么有意思的人，不是那么遥远、难以企及的人。在我看来，是你们走近了我们。"

"你也别觉得我们这么活泼、这么可爱，其实也是装的，跟你们在一起，如果老气横秋的，谁理我们这帮老头儿？"苏童打趣道。

余华用手梳理着浓密的头发，哈哈笑道："对！"

苏童接着"作家神秘感"这个话题，继续聊："大家都说，从作品当中可以分析背后的那个作家。他其实是一个影子，你要把影子拉到现实生活当中来，跟你的想象本身就是不一样。为什么以前大家觉得不需要见作家？因为一个作品，我觉得是比较完美的，就像马尔克斯来到我身边，我觉得他的神秘感立马消失。就是托尔斯泰来了，只不过是一束光，我觉得还是不要走近我，因为这个很吓人的。像今天这样，我们出现在网络平台甚至电视里，以前都是不能想象的。我们想象自己一直是躲在文字背后的人，感觉很舒适，也很安全，由此建立起来的与这个世界和读者的联系是有效的，也是唯一的，是唯一神圣的。但在今天，可能这样的生活就显得特别僵化，作者躲在文字背后的意愿会受到冲击。你一看《活着》是这么一部小说，余华又是这样一个人，我觉得你会有一种喜悦的崩溃。"

"哈哈，'喜悦的崩溃'！"房琪接着问，"老师，我有一个疑问：现在我们刷一个视频可能很快就可以获取很多散碎知识，那与读一部长篇——

---

4 《平凡的世界》，长篇小说，作品在描写普通小人物艰难生存境遇的同时，展现出年轻人拼搏奋斗和勇于担当的精神，是一部用温暖的现实主义方式讴歌普通劳动者的作品。

读一本严肃的书,区别到底是什么?"

苏童思考道:"我觉得阅读的唯一好处就是让你可以有一种内心生活,而这种内心生活需要引导。有时候,一本书、一部小说,能引导你进入某一种内心生活,你就是比别人活得丰富一点。阅读首先是识字以后的一种潜意识动作,因为你识字,那么你就需要跟内心生活有所呼应。"

余华接着说道:"读书的好处就是,让我知道自己是谁。然后呢,让我知道自己内心深处其实也是很宽广的,因为我能够接纳各种各样的新鲜的经历,可以体验没有经历过的情感,这是很重要的。但这个前提就是,这本书一定要跟你相遇。一种阅读,和一本书的相遇,有时候也是一种缘分。当然也可能所有人都说这本书好,你却没有共鸣,但是不要着急。为什么呢?你还没到和它相遇的时候。"

史铁生与陈希米（肖全 摄）

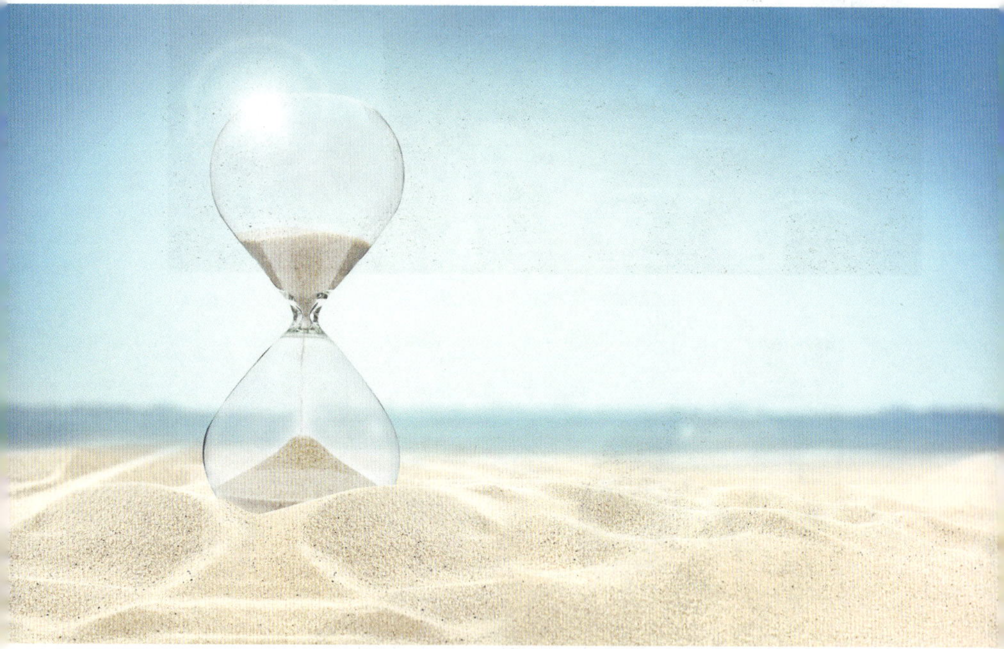

相遇岛屿

  有一回记者问到我的职业，我说是生病，业余写一点东西。这不是调侃，我这四十八年大约有一半时间用于生病，此病未去彼病又来，成群结队好像都相中我这身体是一处乐园。或许"铁生"二字暗合了某种意思，至今竟也不死。但按照某种说法，这样的不死其实是惩罚，原因是前世必没有太好的记录……

  生病也是生活体验之一种，甚或算得一项别开生面的游历。这游历当然是有风险，但去大河上漂流就安全吗？不同的是，漂流可以事先做些准备，生病通常猝不及防；漂流是自觉的勇猛，生病是被迫的抵抗；漂流，成败都有一份光荣，生病却始终不便夸耀。不过，但凡游历总有酬报：异地他乡增长见识，名山大川陶冶性情，激流险阻锤炼意志，生病的经验是一步步懂得满足。发烧了，才知道不发烧的日子多么清爽。咳嗽了，才体会不咳嗽的嗓子多么安详。刚坐上轮椅时，我老想，不能直立行走岂非把人的特点搞丢了？便觉天昏地暗。等到又生出褥疮，一连数日只能歪七扭八地躺着，才看见端坐的日子其实多么晴朗。后来又患尿毒症，经常昏昏然不能思想，就更加怀恋起往日时光。终于醒悟：其实每时每刻我们都是幸运的，因为任何灾难的前面都可能再加一个"更"字。

（史铁生《病隙随笔》选段）

相遇 📖 一本书

　　余华说起年轻时的读书体验:"我二十多岁的时候读《浮士德》,一直担心快要读完了,希望读得慢一点。"

　　西川的读书经验显得特别:"我年轻的时候,不是一本一本地读,而是一群一群地读。我那时还是一个中学生,接触到一本《古文字源流丛考》,读不太懂。可就是这些读不懂的内容,培养了我对文化的好奇。别人是被读懂的书打开的,我却是被看不懂的书打开的。"

相遇岛屿

苏童说："大学时代最难忘的是读塞林格的《麦田里的守望者》。当时我们宿舍水房——给学生刷牙、洗衣服的一个大房间——晚上亮一盏灯。天还很冷，我就披着棉袄，拿一把凳子，在水房里看完了这部小说。这是我的年轻时候阅读的真实状态。"

风渐大，吹起粼粼波浪，似在水面书写着一行行闪光的文字。树叶仿佛读懂了水面的内容，飒飒作响，浅读低吟。

余华目光炯炯："说说我与一本书相遇的经历。我年轻时最能够接受

的鲁迅的小说是《铸剑》,鲁迅用很冷的笔调,写一个复仇的故事。还有《风波》,写得也很有意思,里边有个人物是赵七爷,当革命军来了,他就把辫子盘在头上,当听说皇帝又回来了,他把辫子放下来。在那种时代背景下,人物的各种反应写得栩栩如生。鲁迅是一个伟大的存在,我真正发现鲁迅是在三十五岁时。1995 年,那时候有个朋友,他想把鲁迅某篇小说改编成电影,让我做策划。结果我发现家里边一本鲁迅的书都没有,然后上街买了鲁迅的小说全集。其中第一篇就是《狂人日记》,我看后吓一跳,一上来就是:'狂人觉得这个世界变了——'"

"太牛了!"苏童说。

余华接着道:"太牛了。一句话就把那个人的精神状态给写出来了——一个疯子。后来我又看了《孔乙己》,觉得太了不起了,《孔乙己》真的是经典短篇。我觉得要谈鲁迅的话,首先应该谈《孔乙己》,它的开头就不同凡响。他写鲁镇的酒店格局,孔乙己是唯一一个穿着长衫站在外面柜台边喝酒的,一下子就把他社会地位的尴尬处境写出来了。"

> 孔乙己是站着喝酒而穿长衫的唯一的人。他身材很高大;青白脸色,皱纹间时常夹些伤痕;一部乱蓬蓬的花白的胡子。穿的虽然是长衫,可

是又脏又破，似乎十多年没有补，也没有洗。

"了不起的开头，虽然在小学读了无数遍，可一直到三十五岁重读的时候才发现。另外还有一点就是，当他的腿被打断以后，像鲁迅这种级别的小说家，没有写孔乙己是怎么走来的，只是叙述着外面有个声音，说是要一碗黄酒。然后写孔乙己坐在地上，黑板上还有他赊的账，酒店掌柜说孔乙己还赊了账的。孔乙己很羞愧，就说这次付现钱。当他把手掌打开后，里边有铜钱，满手是泥。这个时候，鲁迅不失时机地写他是怎么走来的——原来他是用这双手'走'来的。这是一个伟大的小说家的标志，鲁迅一出手，就是我们20世纪中国文学的一个标杆。我是那个时候才跟鲁迅相遇的。鲁迅为什么有今天这个地位？是靠读者的阅读巩固起来的。"余华说。

"一般人会忽略鲁迅的细腻与感伤，他其实非常丰富。"苏童补充道，"他有《伤逝》这样特别感伤的风格，又有根据民间神话改编的《故事新编》，虽然没有一部长篇小说，但已经足以成为文学史上最伟大的探照灯。"

西川说："我对鲁迅是非常尊敬的，我觉得鲁迅比他的同时代人更懂文学，而且在别的作家都要拥抱光明的时候，鲁迅能够面对黑暗，到现在一直不可磨灭。所以在这一点上，鲁迅是一个真正的作家。"

苏童说："这次来，在海岛上读书，我想到了《老人与海》[1]。因为《老人与海》大家都耳熟能详，甚至都进辅导教材了。但是这个小说是一个非常简朴的故事，可它真可以传世。"

余华说："没有《老人与海》的海明威，我觉得就是另一个海明威了。"

苏童介绍着小说内容："《老人与海》其实一开始写的是，一个男孩非常内疚，因为他的父母说'你要学习捕鱼，可这个老圣地亚哥能捕到鱼吗？从来捕不到'，结果那个善良的男孩实在扛不住家庭压力，抛弃了老人，然后这个老人就被嘲笑，所以他就一次次出海。有一次出海，他捕到了一

---

1 《老人与海》，海明威的中篇小说，体现了人类不向命运低头、永不服输的斗士精神和积极向上的乐观态度，作者用象征性的寓言昭示了人类永恒的自我求证意识。

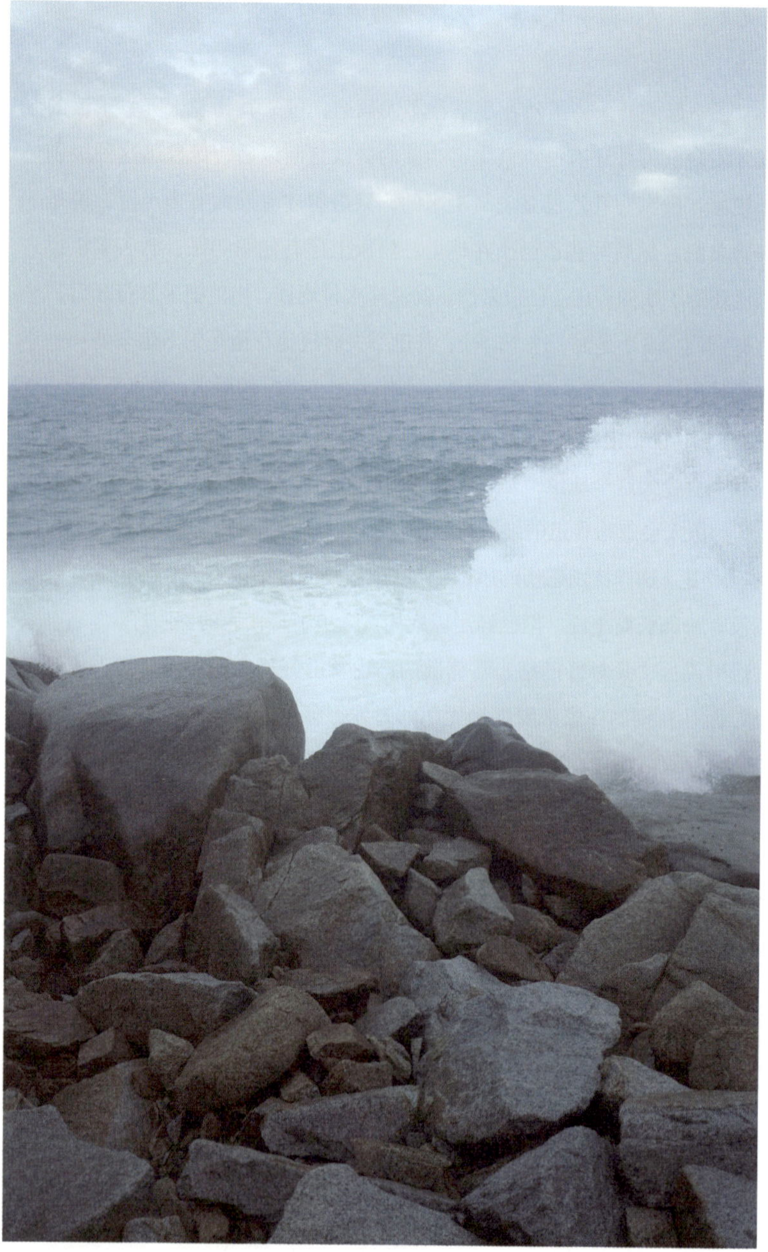

相遇岛屿

"圣地亚哥,"他们俩从小船停泊的地方爬上岸时,男孩对他说,"我又能陪你出海了。我家挣到了一点钱。"

老人教会了这男孩捕鱼,男孩爱他。

"不,"老人说,"你遇上了一条交好运的船。跟他们待下去吧。"

他眺望着海面,发觉他此刻是多么孤单。但是他可以看见深色的海水深处的彩虹、面前伸展着的钓索和那平静的海面上奇妙的波动……

于是他明白,一个人在海上是永远不会孤单的。

"跟它们斗,"他说,"我要跟它们斗到死。"但是,在眼下的黑暗里,天际没有反光,也没有灯火,只有风在刮着,那船帆在稳定地拉曳着,他感到,说不定自己已经死了。

他看清它赤裸的脊骨像一条白线,看清那带着突出的长嘴的黑乎乎的脑袋,而在这头尾之间却什么也没有。

(海明威《老人与海》选段)

条大鱼,拖着那条大鱼很辛苦地搭在船舷上。他一路回来的时候,鲨鱼要吃这条大鱼,最后把这条大鱼吃得只剩一副骨架。最终,这位老人带着一个鱼骨架子回到了岛上。是丰收,还是什么?这个老人、这个故事非常动人。"

余华说:"《老人与海》,年轻时候肯定要读的。我们开始阅读的时候,是把19世纪、20世纪文学混在一块儿读的,我同时在读卡夫卡和托尔斯泰。我一直建议读经典作品,要去阅读经典。因为什么呢?**因为经典是被一代又一代的读者阅读、给我们挑选出来的,只要这本书还在,还能够流传到今天,那么它肯定就是经典。**"

"这是一个,然后另外一个。我这两天在跟余华说的是麦尔维尔的《白鲸》[2]。"苏童说,"我年轻时,真读不下去,我不知道为什么。那个时候,很不能接受这么臃肿的叙事文字,感觉很累赘。但我这次重新读,很震撼,它虽然臃肿,但臃肿得那么有质地。为什么被全世界的文学界认定为不好读的书,却又被所有人捧成神一样?这部关于海洋、捕鱼的小说,它真正具有成为经典的道理。这部小说叙述的也是一个老人,但这个老人是一个被鲸鱼咬断了一条腿的船长,可这个船长又不是最主要的人物。麦尔维尔写捕鲸,海洋生活只是一部分,另外一部分写的全是人间烟火气,而且极其浪漫。我就说这些东西真是好看,我不觉得我年轻时不爱看这个小说是一种耻辱,到现在这个年纪再看这个小说,便看出了那种动人之处、厉害之处,或者说那种经典的东西。"

余华说:"你看,他到了快六十岁的时候才发现《白鲸》多么好。"

苏童强调:"好多经典,你年轻时读跟现在读是不一样的,所以这就是经典的意义,能拒绝它一次,不能拒绝它第二次。二十岁的时候拒绝了它,但是你在五十岁的时候肯定接受它,赞美它。"

"所以跟一本书的遇见有的时候需要一点时间,需要年纪。"房琪感悟道。

---

[2] 《白鲸》,美国作家赫尔曼·麦尔维尔的长篇小说,作品中百科全书式的鲸类知识融合着浪漫主义文学的流风余绪,挟带着莎士比亚式的靡丽文采,被公认为是海洋文学的经典之作。

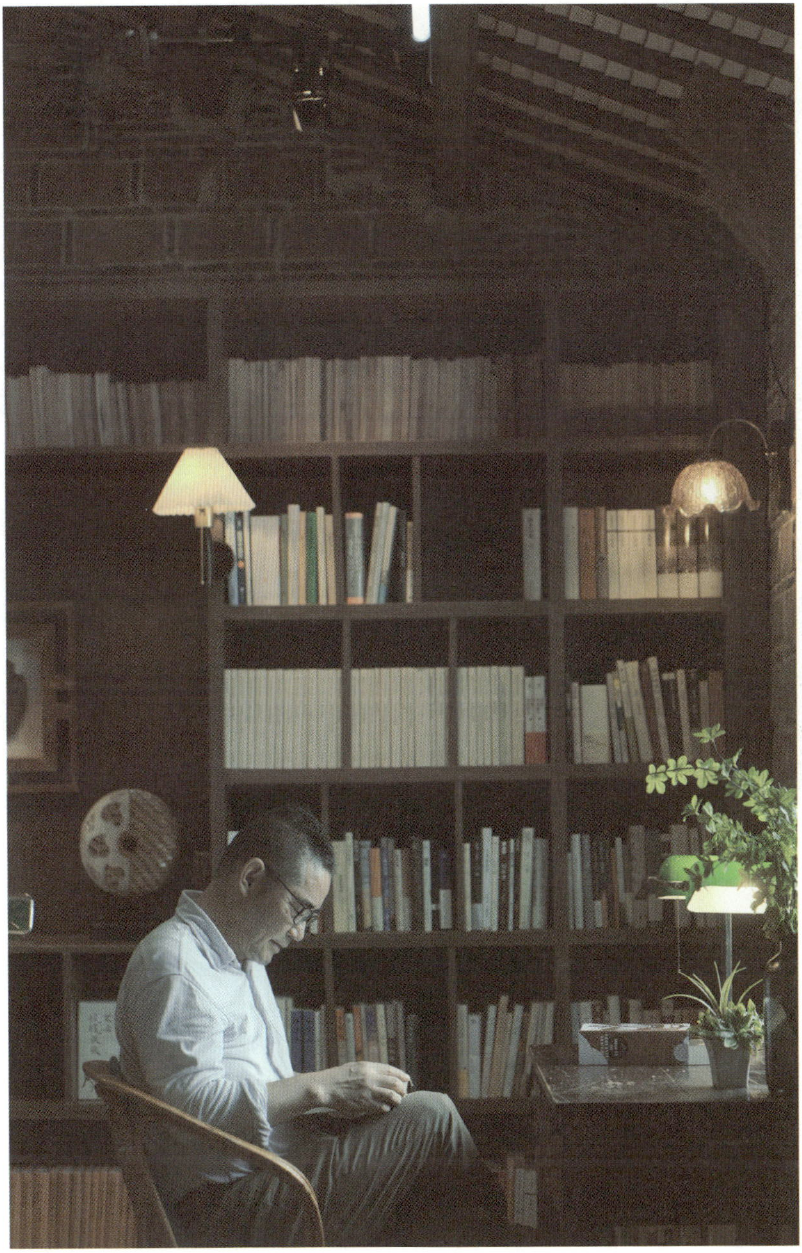

相遇 📖 经典的召唤

西川又问房琪："你们现在年轻人都读些啥？"

房琪答："学生时代我喜欢读言情小说，喜欢读那种青春伤痛文学，像桐华、匪我思存的小说，然后会看郭敬明、笛安、韩寒，我一直不觉得喜欢这种东西有什么好丢脸的。"

苏童说："不丢脸，这有什么丢脸的？我觉得，年轻人，房琪特别有代表性，代表这一代青年的阅读趋向，不存在什么羞耻感。阅读事实上从

相遇岛屿

来不可能也不可以让你产生羞耻感。我们的祖辈,有的一辈子是文盲,因为不识字,所以没有阅读的姿势。我们这一生选择的阅读,一定是能让我们发现什么样的故事,它是有一种召唤的。"

房琪说:"我尝试过打开。我家《许三观卖血记》什么的都有,但是我打开了之后——"

"一看就睡着了。"余华打趣说。

房琪说:"不是,我会想逃避苦难和沉重的部分。但是长到这个年纪的时候,我会有一个疑问:逃避这种沉重,是不是会让成长的厚度变窄了?"

苏童说："我觉得有区别，就像我们摄入的营养，鱼的营养可能就比猪肉要好一点，营养本身是有差别的，但这个你看不见，它是潜移默化的。比如你读琼瑶，你觉得琼瑶召唤你了，但是她只能召唤你走五米；可是读托尔斯泰的时候，像《安娜·卡列尼娜》这样的作品，很好看，也很有力量，可以召唤我走五十米、一百米。这种感觉、这个判断是很微妙的。虽然说阅读本身没有什么贵贱之分，什么类型的作品都值得你去读，但我还是最强烈地建议大家多读经典的文学作品。再说沈从文这样的，大家一看就是《边城》《湘行散记》。"

"写得非常好，"余华对房琪说，"你可以去找来看一下。"

苏童说："分界书屋里头就有沈从文的作品，我刚才还在翻。当你翻阅的时候，我觉得你从此会喜欢上这一类的文学。所以说，你读什么书，那个引领很重要，一下子把你引领到某个境地，你就会饶有兴趣。"

余华说："这也是一种缘分。有时候，你想读沈从文的作品时，可能刚开始读到几个作品，会被拒之门外，但你要是读他另外的作品，一下又被抓进去了。"

苏童对房琪说："你搞旅行，你看沈从文怎么写湘西的。现在很多人之所以被湘西的精神召唤，其实跟沈从文有关系。我们前不久正好去湘西，对于我们来说，眼中的湘西就是阅读沈从文留下的印象。你一到湘西，脑子里马上跳出来的关键词就是'沈从文'。文学对那一个地方的影响，就如此具有震撼力。"

"是。现在年轻人很容易因为一句文案而看一本书，比如说，满街的六便士，他却抬头看向了月亮，或者是《追风筝的人》，为你千千万万遍。"房琪说。

苏童认可道："是的，那个文案很著名，常常因为看着月亮而忘了脚下的六便士，它其实映照着虚幻、实际、浪漫、务实那种精神。这小说结尾太神了，结尾我记得很清楚——他记得从前一个先令就能买到十三只上等的牡蛎，写得就特别帅。"

相遇岛屿

两人仍然划船过日子，一切依旧，惟对于生活，却仿佛什么地方有了个看不见的缺口，无法填补起来。

这个人也许永远不回来了，也许"明天"回来！

沈从文（《边城》选段）

此后固执而又柔和的声音，将在我耳边永远不会消失。我觉得忧郁起来了。我仿佛触着了这世界上一点东西，看明白了这世界上一点东西，心里软和得很。

看到日夜不断千古长流的河水里石头和沙子，以及水面腐烂的草木、破碎的船板，使我触着了一个使人感觉惆怅的名词。我想起"历史"。……小小灰色的渔船，船舷船顶站满了黑色沉默的鹭鸶，向下游缓缓划去了。石滩上走着脊梁略弯的拉船人。这些东西于历史似乎毫无关系，百年前或百年后皆仿佛同目前一样。

（沈从文《湘行散记》选段）

余华补充道:"毛姆写了高更的故事。"

苏童说:"对,他写的是一个英国绅士,寻找那种被放逐的感觉,寻找海洋,寻找岛屿,寻找那种所谓的自我放逐精神的绝对自由,到了南太平洋的一个岛,是以高更故事为背景,特别有意思的文本映照。所以,经典作品的光辉是不会被岁月磨灭的,它只会随着时间焕发出更大的光辉。"

面对世界文学中的"海洋"话题,西川则谈到中国的"海洋诗篇":"听到他们聊小说,我在脑子里边翻腾就是中国人是怎么写海的,中国的传统文化就是中原文化加上江南文化,不是海洋文化。古人见着海都是害怕的,心里边会发慌,但是古人也写过海,也有一些写海的作品,汉赋里有《览海赋》[1],就是'看大海'的意思。而且我后来想到,其实可能李白也是跟海有一点关系的——'半壁见海日,空中闻天鸡'[2]。大海很有诗意,大海也是很浪漫的。"

阳光下的树影,如钟表的指针变化着方向,一点点伸长,指向大海。

文学与时代,经典与文化,交织出一个民族文明的底色。西川再次说到《全唐诗》的"召唤"意义:"说到诗,《全唐诗》是在康熙年间编成的,后来又不断有人往里边补充,包括现在,依然有学者在补充《全唐诗》。到今天,所有唐代的诗歌加在一起,大概六万来首了。《全唐诗》,什么都收,事无巨细,它是一个时代的氛围,构成了唐朝的文化。《全唐诗》对我来讲不仅仅是诗歌的意义,还是文明的意义——中国的古文明曾经达到过一个什么样的灿烂程度,我们对文学的认识就会立体起来,对诗歌的认识也会立体起来。诗歌能够连带起来的含义太多了,它既连带起了文化,也连带起了历史,还连带起了思想,甚至包括我们的道德,就是人的可能性、一个民族的可能性。所有这些,实际上都在诗歌里边体现出来。所以对我来讲,诗歌是跟文明有关的东西。"

---

1 《览海赋》,作者班彪,这篇东汉时期的赋作是我国文学史上第一篇以大海为题材的作品,收录于《艺文类聚》。
2 半壁见海日,空中闻天鸡。——李白《梦游天姥吟留别》

天，在文学畅谈中变得越发宽阔；岛，在经典品味中越显深邃。小小的分界书屋，安详饱满如一枚果实，含着香浓的浆液；披拂的椰树，在风中展开双臂，接纳着全国读者的书籍和信件。

大家兴致勃勃，一件件拆开……

其中，一封写给汪曾祺的信引起大家重视，西川打开，念道：

> 汪曾祺爷爷，我很喜欢读您的文章，特别是关于食物的，比如《端午的鸭蛋》《杨花萝卜》《干丝》，您的文章既朴实又生动，就像在和我讲故事一样。在读《端午的鸭蛋》这篇文章的时候，我都馋得直流口水……

西川端详着信上的字体："这是个年龄稍微小点的读者。"

"喜欢吃东西的小孩。"房琪说。

西川接着再念：

> 可是妈妈买的鸭蛋既不是双黄的也不是红油的，这个令我很失望，我真想去高邮尝一尝。读过文章我创作了一首关于食物的小诗——《四季之味》：
>
> 春味鲜，笋嫩鱼虾肥。
> 夏味凉，瓜甜饮料爽。
> 秋味甘，蟹美栗子爽。
> 冬味杂，家家火锅烫。

"还押韵呢，这是南京的一个小学生写的——孙意乔。"西川说，"可惜，汪曾祺爷爷已经过世了，但是总有办法告诉汪曾祺爷爷，有这么个小学生。"

"在海边，就是一个很好的位置，汪曾祺爷爷说不定能听得到。"房琪说，"先放到这里吧，然后我们一个一个帮读者实现这些小心愿。我觉得，我

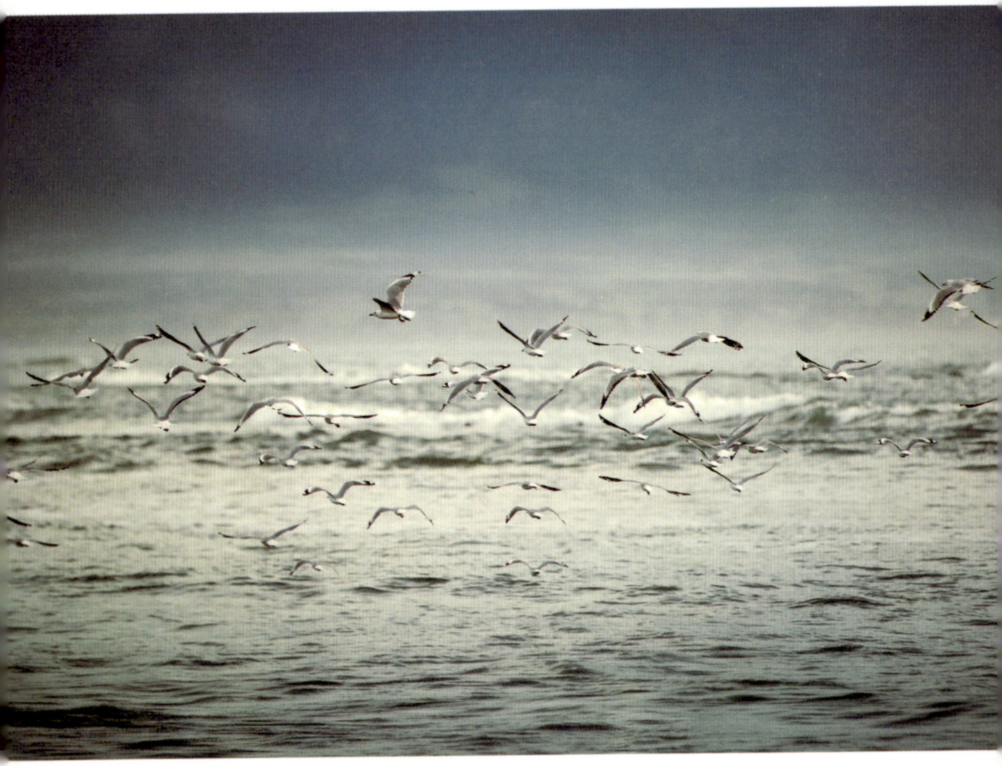

相遇岛屿

　　斯特里克兰在塔希提岛并没有给跟他有过接触的人留下任何特别的印象。对他们而言，他不过就是个永远都缺钱花的白人流民，唯一的怪癖在于他老画一些在他们看来荒唐可笑的画儿。

　　我那在惠特斯特布尔做了二十七年教区牧师的亨利叔叔，碰到这样的情况总是习惯性地说魔鬼为了达到自己的目的总是可以引证《圣经》的。他一直都念念不忘一个先令就能买到十三只特大牡蛎的好日子。

（毛姆《月亮和六便士》选段）

们可以买一本书回赠给他,用另外一本书来写回信……"

夕阳拐弯时,落日余晖入海,山岛变得轻盈,天空变得肃穆。西川轻扶眼镜,望向远处:"每一个人的生活,实际上都是有限的,而阅读能够使你跨越这些你看不见的范围和边界,进入另外一个对话关系。这个对话关系对精神世界是非常重要的,阅读是一个很重要的渠道。"

窗外,树下,余华靠在一张木椅上,手捧一本书,手中书本与海中小船形成一个漂亮的夹角,暮色中的远山也变成了书本的依托。

余华说:"我是一边写作一边开始读小说,主要是为了让自己的小说写得更好。当我开始读书的时候,完全是出于一种功利目的,但是慢慢地发现无论是写作也好阅读也好,都不功利了,这是一个过程,因为阅读不是为了马上就让你学会什么,马上让你掌握什么,当你在阅读到一部作品的时候,你已经完全忘记自己的存在了,这个时候的那种乐趣比你生活中的乐趣更吸引人。"

凉亭下,苏童抚摸着小狗糯糯。海风吹动着远处的行人的衣衫,吹拂着身边的花朵,也吹着他手中的书页。

苏童说:"阅读本身从某种意义上讲是个习惯,如果你一生读了好多书,你老了不会后悔的,因为你的记忆比别人多,你对这个世界的理解也比别人丰富一点,甚至可能深刻一点,复杂一点。大家都来阅读,让每一个人在为生活奔忙的时候给自己的心灵世界、精神世界留一点空间,它所能留给你的能量是一个精神塑造的工程,这就是全民阅读的意义。"

岛屿书屋
值班手记

一天下来，跟老友重逢，与好书相遇，聊聊天，很有体会。我们遇到了很多书，比如《鲁迅全集》，它的经典性已经被时间、被历史充分地证明了；我们还遇到了沈从文的《边城》，这个作家的作品，最好地体现了我们的民族风；我们还遇到了《老人与海》这样的作品，每个年龄段的人都会从这个故事当中得到不一样的启发，它是能够超越你的期望的。但如果说与一本书相遇，或者说通过一本书与文学相遇，还有很多很多的书目，在我们的民族遗产当中。我一直认为《红楼梦》是我们民族留给我们的一本关于"人"的百科全书。我一直认为所有的杰作都具有广泛的传播性和标杆性。尽管每一本经典所传达的精神都不一样，但是有一个共通的：它必须打动人心。

——苏童

在阅读的旅程里出现,感受共鸣,我们不再孤独,不再忧郁,温暖迎面而来。岛屿书屋用浪漫的气质和朴素的容貌,迎接所有人。

我在岛屿读书

2/12

耕种·丰收

余华：在阅读的旅程里出现，感受共鸣，我们不再孤独，不再忧郁，温暖迎面而来。岛屿书屋用浪漫的气质和朴素的容貌，迎接所有人。请坐下来，休息片刻，阅读片刻，读一个没有读过的故事，然后留下一个自己的故事，再带走一个别人的故事。

西川：海岛带给我海浪、咸味儿、海平线，感受辽阔感、孤绝感和空无感。在海边，每一块石头，都是大地的尽头。

耕种
丰收

苏童：岛上的日出日落、潮来潮去，传递的是自然界的消息；我们的书屋，是一片不一样的风景，传递的是人间消息。

召唤 ◎ 隐喻

天朗气清，碧波轻轻漾动，舒展成巨幅的蓝色丝绸，裹举着青山白云。

凌空而望，岛屿仿佛一只展翅飞翔的绿色蝴蝶——分界洲岛，位于海南岛东南海面，常年气候宜人，因其地理位置形成了特有的"分界文化"，它既是海南岛南北气候的分界线，也是陵水黎族自治县与万宁市两地的行政分界线。

一艘白色小艇泊在码头，等待着即将开始的环岛"海聊"。

耕种
丰收

登艇远望，目阔心空，海风入怀，惬意满满。天与云、与山、与水，浑然一体，海上船艇如一支笔尖，绿山渲染处，墨色仿佛未干。

俯仰天地之间，沧海一粟之感油然而生，而那些经典的词句便如浪花一般涌到眼前：

水中的青天的底子，一切事物统在上面交错，织成一篇，永是生动，永是展开，我看不见这一篇的结束。

——鲁迅《野草》

一个人可以被毁灭,但不能给打败。

——海明威《老人与海》

唯有精神吹拂泥胎,才能创造出大写的人。

——圣·埃克苏佩里《人类的大地》

…………

突然间,岛岸上的绿树间显出一幅白色石像,那是一张残破的人脸,裂缝正好从鼻梁处裂开,将人脸分为左右两半,一半清秀,一半英武。

苏童指着石像问房琪道:"这个石像,它有什么说法吗?"

房琪答道:"海底探险的时候,有人深潜,在海底看到过一个这样的石像,而后就把海底石像复刻到岸边这块石头上。我听岛上的人介绍过,说那个叫'双面石'。其实它是一男一女两张脸,中间的裂缝是天然形成的,双面合璧成为一体,守望在山海之间。"

苏童立即想到一部电影:"对,有一部波兰电影叫《双面维罗妮卡》。"

这部电影又名《两生花》,由波兰导演基耶斯洛夫斯基执导,伊莲娜·雅各布主演。该片讲述了两个拥有同样名字的女孩彼此相互感应但命运截然不同的故事。

余华望着雕像说道:"对,导演是基耶斯洛夫斯基。"

"也叫《两生花》,电影跟这个雕像的感觉很像,说的是世界上有另一个自己。"苏童补充说道。

等游艇驶过分界洲岛的悬崖木屋时,风浪渐起,小艇也在风浪中摇动了几下,众人随着艇身晃动着,像是在跳舞。于是话题由电影说到跳舞,再由跳舞说到KTV,又由KTV说到流行歌曲,最后又说到歌曲唱法。

西川说:"有一种唱法很特别,似美声又不是美声,唱法特别,全世界哪儿都没有这个唱法,是中国人发明的。"

"民族美声,"苏童说,"简称'民美'。"

西川道:"对,于是就有人说,咱们文学能不能也写出'民族美声'来。"

耕种·丰收 | 043

苏童当即说道:"余华就是'民族美声'。还有,你看贾平凹,也是典型的'民族唱法'。"

西川又说:"但是我觉得孙犁是这个写法,他跟赵树理好像——"

"那太不一样了。赵树理就是土嘛,但是孙犁写农村从来不土。"苏童说,

耕种　丰收

"孙犁他是'淡',你看孙犁的文字,简约。包括我们的'山药蛋派'[1],都是我们当代文学的重要流派,代表人物都是一批土生土长的山西人。"

房琪问道:"老师,山药蛋派有什么特别明显的特征吗?"

苏童说:"首先是乡土性。它的切口和遣词造句没有欧化的那种痕迹,

1　山药蛋派,当代小说流派之一,继承和发展了古典小说和说唱文学的传统,语言朴素、凝练,作品通俗易懂,具有浓厚的民族风格和地方色彩。

口语化，平时怎么说话，他们就怎么写，甚至不是我们习惯的书面语言。他们都扎根农村写农村，写我们特有的乡土的东西。"

此时，海面波浪迭起，虽然不高，却连绵涌动着，像一排排立体的心电图。

"浪起来了，船晃得厉害。"余华说道。

苏童说："刚才一离开码头就开始体会到一个字，叫'涌'，那个涌动的感觉很特殊，在湖面上就没有这个感觉。"

"这就是'洪波涌起'，我刚才写了首诗：'瀛海喻苍茫，览空在分界。云连过岭急……'回头我把完整的诗发给你们。"西川道，"这就是有感而发。古人的诗歌创作，所谓'兴'，意思是先言彼物，再引出所言此物，我此刻也是有感而发。"

远处蓝色的海水纷纷涌向岸边，拍打着光滑的礁石，激起一片片白色浪花，黑石银浪，渲染出一片壮观的朦胧，像是雪崩玉碎、裂帛飘絮。

房琪指着礁石道："老师，您看，那边拍打礁石的海浪的颜色，是透明的蓝，像果冻一样，很好看。"

西川沉吟道："海浪拍打礁石，就是一种诗意。海水跟礁石一天到晚泡在一起，但海浪打在石头上，形成一次相见，如此反复拍打，没完没了地重复相遇，这个让我觉得很有意思。"

"来到这座海岛，和老朋友、老同事在一起聊读书、聊写作的机会确实很难得。"苏童接着聊说道，"**有时候你想读书，确实需要邀请自己一下，把自己放到一个脱离日常生活的环境中去。在这里，没有了日常的琐碎，可以面对天地，面对自己。**目之所及，似乎都能找到对文学的想象。"

余华感慨道："与其说是被那些老朋友召唤来的，还不如说是被文学召唤来的，或是被阅读召唤来的。"

这不由得让人想到加西亚·马尔克斯在《百年孤独》中说的那句话：

> 就这样，人们继续在捉摸不定的现实中生活，只是一旦标签文字的意义也被遗忘，这般靠词语暂时维系的现实终将一去不返。

耕种 丰收

就在苏童他们的游艇快要靠岸时,程永新已经上了分界洲岛,走在分界书屋前的椰林里。

"第一次上岛,有一种新鲜感,特别边远的地方,他们对文学、对精神的那种需求,是非常大的。**在一个岛上出现这么一个书屋,它好像是我们浮躁的生活里的一个隐喻,它表示在喧嚣当中还有宁静的时刻。**"程永新说,"我是1982年到《收获》实习,1983年正式调到那儿。我去《收获》的时候,就像进入了一个文学的圣殿。我们现在《收获》在做的事情就是坚持住老巴金这棵树,这种信念、这种理想,办中国最好的文学杂志。"

进入分界书屋,程永新翻看着架上的书籍和杂志,感慨道:"到了这个书屋,感觉很有意思,很温馨,它的创意特别好,让人兴奋,看到了那么多作家朋友的作品,还有《收获》,你就觉得生活还有一些精神性的需求在,这个是最重要的。"

正在此时,"三位岛主"回来,大家亲切握手后落座。

良师益友

　　苏童说:"《收获》杂志的主编程永新老师,是我跟余华创作道路上非常重要的一个伯乐。我从 1985 年开始在《收获》发表作品。余华,你是从哪一年开始发表的?"

　　余华说:"我是 1987 年开始发表的。你 1985 年就在《收获》发了?"

　　苏童笑着"炫耀"道:"不知道了吧,我是 1985 年发表的。"

　　"发表的是短篇小说《青石与河流》。"程永新说道。

耕种
丰收

"当年我写《许三观卖血记》的时候跟程永新说，我一年发六个短篇，一期一个。程永新说，《收获》没有这样的规矩呀。我说，创建一个规矩不就行了嘛。他又去跟李小林[1]商量，是不是一期发三个，然后分两期发。是吧，你还记得吗？"余华笑着对苏童打趣道，"那待遇比你高多了。"

众人大笑起来。

苏童笑对余华道："问题是你没有发六篇啊！还是我开创了先例啊——

---

[1] 李小林，编辑家，巴金之女，《收获》杂志前主编。

一期发两个短篇[2]嘛。"

余华表示"不服":"确实是在你后面发表的。但是,我当时如果不把《许三观卖血记》写成长篇的话,就能在《收获》一年发六个短篇,那肯定更有开创性了,是吧?哈……"

西川评余华道:"你简直就是个'获霸'"。

余华回忆道:"1995年,《收获》第1期发了我的短篇小说《我没有自己的名字》;第2期发了短篇小说《他们的儿子》。程永新也看过,还跟我说写得不错。到了第3期就该是《许三观卖血记》了。结果到了第3期发稿的时候,程永新打电话问:'要发稿了,写得怎么样了?'我说,这个由短篇改成中篇小说了。程永新说,好好好,中篇小说好。后来,到《收获》第4期要发稿时,他又来问我:'余华,写得怎么样了?'我说,中篇又变长篇了。他说,哦,长篇好长篇好。后来,《许三观卖血记》是在《收获》第6期刊发的。《许三观卖血记》就是这样出来的。"

苏童点头说:"对,我跟余华所有重要的作品都是在《收获》上发表的。"

程永新回忆当时的情景,历历在目:"当初,我们北京的一个好朋友推荐给肖元敏两篇余华的作品,一篇是《四月三日事件》,另外一篇是《一九八六年》。我一看,确实很震惊。《四月三日事件》整个小说写的是一个年轻人,他预感到要发生一个事件——四月三日事件。但这个事件是虚幻的,并不存在,它有一种哲学上的意义在里面,跟传统的现实主义小说不太一样。苏童是我的大学同学黄小初推荐的。当初黄在江苏文艺出版社,他就很欣赏苏童,就推荐了苏童的一个短篇,叫《青石与河流》。我看了《青石与河流》,几乎没改一个字,甚至标点符号都没改过。你无法想象这是一个年轻作家写的。于是,我就约稿。苏童就写了一个《1934年的逃亡》。我们那期出来以后,文坛就整个炸了,大家都去读这一期的《收获》,觉得很奇怪,怎么来了这样一群陌生的年轻人,写法跟前面的作家

---

2 两个短篇是指《红桃Q》《新天仙配》,苏童发表于《收获》1996年第3期。

完全不同，各有特点。我希望能够找不同风格的人——余华的风格的、苏童的风格的，然后还有其他一些作家的。于是，全国就有一种轰动的效应。"

房琪拿出两本《活着》，一本是黑色封面，另一本是白底淡色山水封面，问道："我刚才在书屋里拿了几本书，像余华老师的《活着》，有两个版本，内容一样，序言也一样，但装帧封面都有改变，这是怎么回事？"

余华指着书本答道："这是两个出版公司出版的。黑色的这本，作家出版社不再印了。另外一本，是新经典的版本。"

房琪又问："像这种不同版本的书，编辑在当中起到了什么样的作用呢？"

程永新指着余华道："余华的书不是畅销书，他是常销书作家，因为他一直在出，需要一些新的面貌。"

"我们这个年纪的读者可能对于作家认知得多一点，但对于编辑的认知就弱一点，不太知道编辑们具体会负责哪些工作。"房琪追问道。

"编辑最重要的工作是欣赏。作家写出好东西，要有一双眼睛去欣赏它。这个，最重要。"程永新详细介绍说，"编辑流程先是登记，给作品编号——

几月几号到的,登记地址和通讯方式。而后,将作品分到每个编辑手中。一个编辑初审,初审完后给二审编辑,两个人看完后,最后才由主编来定,这是终审。终审后,才能签字发稿。然后,我们才会通知作者。过去,我们年轻的时候做编辑,每一篇作品都要简洁写出审稿意见,如果初审跟二审的意见比较一致,就会让作者去修改。当然,编辑会跟作者沟通,看作者认可不认可修改意见,这是编辑工作的一个非常重要的内容。因为编辑是作家和作品的一面镜子,所提的修改意见是在深度理解作品的基础之上的,一个对头的修改可能就会改出一个好作品。但作家也有不修改的,他有不修改的道理,那我们第一还是尊重作家;第二呢,我们也会去倾听读者的意见,这个对于我们编稿子以及稿件的规划安排也是会有影响的。"

在程永新娓娓道来中,书屋内一时间变得安静下来,回忆与现实交织着,似乎也在此刻被编辑成一部作品，定格在时光的纸面上。

程永新又笑着指了指余华："那像余华，他也曾疑惑当年《一九八六年》为什么不先发出来。其实我是有点私心的，他那篇较长，我想等一下再发，那时候希望阵容大一点，作者多一点。那个年代，全国各地都有一些作者冒出来，诗人其实也是这样子，西川老师肯定最有发言权，所以当时就是想把这一批人搞在一块儿，集中发表一下。"

房琪说："所以编辑跟作家其实也是互相成就的。"

"当然。"程永新说道。

余华说："我们那个时代啊，好编辑多，比如说像《人民文学》有崔道怡，年轻的有朱伟，还有向前。张承志就是向前发现的。可能是一个什么会上，张承志就讲了当年在内蒙古的一个故事。向前就追着他，要他把故事写出来。张承志说'我不会写小说'，向前告诉他'你把故事写出来就行了'。结果，那篇就拿了第一届全国优秀短篇小说奖，就是《骑手为什么歌唱母亲》[3]。"

苏童、程永新、西川都点头称是。

"编辑多认真啊！"余华说道，"我们遇到了一群很好的编辑。像我在《北京文学》最早的编辑是王洁，她就是从自由来稿里面发现我的。那时候我在一个小镇上工作，也不会认识什么编辑。当年的编辑都坐在办公桌旁，认真看自由来稿的，他们是想从自由来稿中发现新的作家，以发现新作家为荣，一旦他们看到一篇好的小说，整个编辑部阅。当所有的编辑一致认为这个小说写得好的情况下，这个作者就会受到整个杂志社充分的信任和重视。现在我知道，《收获》还保留着这个传统。"

苏童深有感慨地说："编辑与作家的关系，亦师亦友——这个作家很年轻，有前途，编辑看出了他的才华，同时也看出了他的问题。所以，当编辑想要抹掉这个宝石之上的灰尘时，必然会指出问题所在，告诉他灰尘在什么地方。**抹去宝石上的灰尘，这就是编辑的意义。**"

---

[3] 《骑手为什么歌唱母亲》，张承志小说集。其同名短篇小说以草原为背景，不仅赞扬了母爱的伟大，也展现出了我国民族之间的大爱和团结。

摇篮 与 殿堂

程永新这次过来,还带来了1957年《收获》创刊号的合订本,红底白字,朴素、厚重,大家连呼"珍贵"。

程永新介绍道:"1957年,巴金先生跟靳以先生创办了《收获》杂志,这是中国第一本大型的文学双月刊,它发表的主要是原创作品,从新中国成立一直到改革开放,一直到新时期,一直到今天,可以说在这里诞生了几代作家。《收获》是作家的摇篮。"

耕种
丰收

翻开《收获》创刊号，第一篇便是鲁迅的《中国小说的历史的变迁》[1]。

程永新说："《中国小说的历史的变迁》，这是我们大学里面的必读篇目，这个非常牛。鲁迅先生对中国小说的历史进行了一次梳理，读它，你就知道了中国当代小说跟历史、传统的关系，可以说是一目了然。因为鲁迅先生非常深刻，这篇文章也就梳理得非常清晰。"

---

1 《中国小说的历史的变迁》，作者鲁迅，原为 1924 年其在西安大学讲学时的讲义，共六讲，1925 年编入由作者创作的文学通史《中国小说史略》作为附录，1957 年发表于《收获》创刊号。

1957年7月《收获》创刊号

随着纸张的翻动，众人在杂志上看到了老舍的《茶馆》，看到了康濯的《水滴石穿》，看到了严文井的《"下次开船"港》。

苏童指点着说道："《水滴石穿》，当代文学史上也讲过的。严文井的儿童文学也有传统哦，《收获》创刊号就有个童话。"

在《收获》第 2 期上，大家看到了李劼人的《大波》。在《收获》第 3 期上，赵树理、巴金、靳以赫然在列，引得大家一阵品评。

程永新指着封面上"收获"两个宋体字道："那个时候还是美术字。"

西川说："我喜欢这个字体，50 年代那个字体好看。"

"后来封面上'收获'两个字，用了鲁迅的书法。"程永新介绍说，"字是从鲁迅的文章手稿里挑出来的。"

西川说："集字。"

程永新说："对。"

余华说道："因为巴老，《收获》一创刊就是中国最牛的杂志，没办法。"

程永新："对呀。创刊号上老舍的《茶馆》非常重要，它是新中国成立以来话剧剧本里面经久不衰、经常上演的这么一个剧本。老舍先生既是小说家也是剧作家,他写'京味'小说,就是北京味道,带着特别浓烈的地域文化。《茶馆》就是描写三教九流各色人等,然后通过一个小茶馆的变化来展现大时代的变迁。它的艺术特点就是京味儿,喝茶的习惯、对话的习惯、生活的习惯在这个茶馆里面表现得非常生动。《茶馆》已经成为当代经典。"

余华说道:"1987年我们那个专号,还有张献的一个剧本。"

"《屋里的猫头鹰》[2]。"程永新答道。

苏童说:"剧本在《收获》一直发到80年代。"

程永新说:"对的。"

西川指着《收获》杂志上的作者手写体署名:"你们说的把作者的名字剪下来就是这个意思?"

程永新:"剪取作者手写签名刊印发表,是《收获》的一个传统。"

苏童说道:"手写体,从创刊那个时候就开始了。"

程永新道:"我印象比较深的一个细节,就是稿子的签名。因为作者署名剪下来了嘛,所以它第一页上面总是有一个方方正正的小洞。那时候,没有互联网,只有纸质稿,作者只能寄过来,寄过来之后,我们把署名抠下来,贴到稿子上。印刷的时候,就会把作者的签名印到杂志上。它有一种趣味性在里面,因为文学是人学,从办刊的角度来说,也是希望杂志呈现一种生动性,带着人文气息。"

余华说:"我第一次看到《收获》是上初中时,读了一部长篇小说——《大学春秋》[3],这是我读过的第一部长篇小说。"

兴之所至,程永新干脆从书架上抱来一摞《收获》杂志:"这是你们来之前我在书屋发现的,这里有不少。有苏童的、余华的……"

---

2 《屋里的猫头鹰》,作者张献,戏剧集,1987年以剧本形式发表于《收获》"先锋文学专号"。作品台词富有荒诞色彩,直击人内心深处的孤独,带给读者充实又活泼的新奇体验。

3 《大学春秋》,作者康式昭、奎曾,长篇小说,发表于《收获》1965年第6期。

1957年，巴金、靳以（左）两位主编在《收获》创刊的日子里

"这是张洁的《方舟》[4]，我一下就找到了。"苏童举起旧杂志，兴奋地指着目录说道，"这个孙芸夫就是孙犁，那时候他老夫聊发少年狂，突然要把自己叫'芸夫'。《芸斋小说》[5]，估计是孙犁最后一批作品。"

"这是那个马原的《虚构》[6]，发在1986年。"余华突然眼睛一亮，对苏童道，"《青石与河流》，1986年。刚才还说1985年发的，你虚构的，都往前提了一年。"

---

[4] 《方舟》，作者张洁，中篇小说，首次发表于《收获》1982年第2期。作品承载了对情感与婚姻的思考与探索，是新时期女性文学的启蒙之作。

[5] 《芸斋小说》，作者孙犁，小说集，孙犁晚年的重要作品，标志着作者文体的创新，赋予了其"真善美"文学理念更为深厚的内涵，被称为当代文学的新善本。

[6] 《虚构》，作者马原，中篇小说，发表于《收获》1986年第5期。作者以其著名的"叙述圈套"开创了中国小说界"以形式为内容"的风格，在小说的叙事艺术上具有重大意义。

众人一阵大笑。接着,苏童翻到了铁凝的《麦秸垛》[7],不由得感叹:"这么早!"紧接着,他又翻到了王蒙的《活动变人形》[8],说道,"《活动变人形》是王蒙那个时代最好的一部长篇,我也认为是他至今最好的一部长篇。"

余华找到了自己的作品:"你看我的《一九八六年》,是发在《收获》三十周年纪念号的,这是 1987 年的。"

苏童说:"不光我自己,还有朋友们,比如马原、余华、格非、叶兆言等这些文坛好友,《收获》也是他们的阵地。我从《收获》上也可以读到他们最近在干什么、写了什么,比如余华的《活着》《许三观卖血记》都是在《收获》上发表的。我个人很幸运,几乎所有的重要作品都是在《收获》上发表的。因为在《收获》上发表,我的同行们或者我想象当中的心仪的那些读者,他们会看到这些作品,所以他们也帮忙完成了、塑造了我这个作家的角色。这是《收获》对于我的意义。"

"还有路遥。"程永新谈到,"我们《收获》发过他一部比较重要的小说《人生》。当初我在《收获》还看过他的手稿,钢笔字,方格纸,誊抄的字迹特别清楚,没有一个修改的符号,这种稿子看上去赏心悦目。路遥是很苦的,他就是一个文学的苦行僧,用真情感来写作。他是燃烧自己的生命,来化成他小说当中的文字。"

苏童接着程永新的话题:"那时候是手写时代,如果一页稿子出现五个以上的改动,我必须把它撕掉,再重新抄一遍。后来大家都说,他们很喜欢苏童,因为稿子太干净了,他们容易看进去。这是我很聪明的地方。最重要的原因是,我本人是编辑,我看到写得很清秀的字,哪怕内容差一点,我也觉得可以看下去。可看到写得不好又字迹潦草的作品,就会有种说不

---

7 《麦秸垛》,作者铁凝,中篇小说,发表于《收获》1986 年第 5 期,后收录于该杂志"50 年精选系列·中篇小说卷一"。作品以乡村田野为背景呼唤自然母性的回归,张扬美好的母性意识和母性情怀。

8 《活动变人形》,作者王蒙,长篇小说,发表于《收获》1985 年第 5 期。作品从中外文化冲撞与融合的角度,刻画了一代知识分子的形象,凝结了 20 世纪中国知识分子心灵历程的缩影。

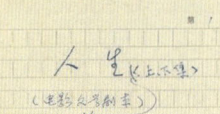

《收获》与作家们的往来信件

路遥来信

路遥手稿

苏童手稿

贾平凹《带灯》手稿

余华《活着》手稿

清楚的抵触,总不能用狂草来写小说吧,对不对?"

西川好奇地问程永新道:"发表了以后,手稿还要还给作者吗?"

"还啊,《收获》是唯一一个归还作者手稿的杂志。"苏童说。

余华强调:"《收获》是唯一一个还手稿的。"

程永新说:"这是老巴金留下的这个传统。"

"所以我们现在手上留存下来的手稿都是《收获》的,都是收获的发排稿。"苏童对西川道。

余华突然想到一件趣事:"有一次,你们有个编务寄错了,把曹禺的手稿寄到我这儿来了。"

众人大笑。西川语气里带着惊奇:"你留下来了吗?"

余华说:"没有,我给他退回去了,寄错了嘛。那一期好像也有我一个小说,我一看还有曹禺的。"

"《收获》编稿子遵循的所有细节,其实都跟老巴金他们有一种传承关系。当初我还有点不明白,为什么要把手稿还给作家。现在看,我们退掉的稿子对研究这个作家提供了实质性的资料,既是对作者的尊重,也是一种交流。我们在上面改了什么,他都看到了。《收获》能有今天这样一种地位,跟这些细节都是有关系的。"程永新颇有感触地说道。

余华道:"我印象中很深是1987年,就是我在《收获》发第一个中篇小说那年。《四月三日事件》发表前,我去了《收获》编辑部。那天下着小雨,我到了上海巨鹿路675号的那个院子里边,一切都那么朴素。顺着环形的楼梯走上去,看到有一个门上贴了一张《收获》杂志早期的封面。我想,这肯定就是编辑部了。然后敲门进去。果然就是。"

"几乎每一个中国作家在《收获》上发表作品,似乎是一个顺理成章的成长道路上的重要脚印,这一步是一定要迈出去的。投稿时,你的信封上会写下'巨鹿路675号《收获》杂志社',这么一个地址,每个人都很熟悉这个地址,因为《收获》在那儿。在中国所有文学人口中,它就是一个金光闪闪的殿堂。"苏童动情地说。

苏童又补充道:"《收获》还有一个作者平台结构,它是一直很注意的。比如说笛安,笛安二十岁出头就在《收获》发了处女作《姐姐的丛林》[9]。班宇也是,刚写了几篇,就上《收获》了。双雪涛很早就在《收获》发了作品。所以说,《收获》有一个这样的作者平台结构。"

"现在有的编辑只知道谁有名,不知道谁写得好,这是一个大问题,都盯着那些有名的人去,他宁愿发名作家的烂稿子,也不愿发无名作者的好稿子。"余华说,"《收获》现在就还继续发那些无名作者的稿子。"

程永新说:"对,我第一次看双雪涛,就是那个《跛人》[10]。"

余华很认可:"《跛人》写得好。小说一开始,那个梦做得好。"

程永新说道:"对,这篇小说有点《伤心咖啡馆之歌》的味道,虽然比较短,但让人眼睛一亮……"

西川问程永新:"你那时候不知道这个作者?"

程永新摇头,"不知道,完全不认识。我说,这个小说是我今年看见的最好的。双雪涛几乎跟余华、苏童一样的,他其他刊物不给,先给《收获》看再说。"

苏童道:"《收获》的宗旨就是'耕种,丰收'。"

程永新说:"出人,出作品。"

窗外半轮明月,月光透过椰林,与书屋里的灯光相辉映,疏疏如春雪。

余华深情道:"我想,巴老他们当年,肯定是考虑到了文学创作的'收获'。为什么只有《收获》对我们重视呢?就是因为这个。可以说,巴金荫庇了我们一代人。所以巴老去世的时候,我记得那么清楚——"

西川问:"巴金是哪年去世的?"

---

9 《姐姐的丛林》,作者笛安,小说集。其同名小说发表于《收获》2003 年第 6 期,作品着眼于小人物的个人成长,呈现出个体生命自我意识的觉醒和对人性善恶的考量。

10 《跛人》,作者双雪涛,短篇小说,发表于《收获》2014 年第 4 期,收录于青年小说家精选专辑。作品展现了青少年在面对成人世界时感到的孤独和战栗,同时也体现出青春的甜美。

火车站到处都是人。许多人背着大包，包的体积基本上和人相当。有的人除了背着大包手里还抱着孩子，孩子在这种嘈杂的环境里肆无忌惮地大哭，像指南针一样挥舞着小手。

(双雪涛《跛人》选段)

"2005年，就是我女儿出生的前几天，我女儿是22号出生，他是17号去世的。"程永新说，"我当时在医院里，本来是准备喜事的，结果变得特别难过。巴金是2005年10月17号去世，那天我整个儿觉得崩溃了，天就塌下来了。从我大学毕业到了那里，《收获》有这么一个传统跟习惯，就是每年要给巴金过生日。我们每年秋天就开始准备鲜花，准备蛋糕。过生日时，吃过蛋糕，他家人还会给他擦一下嘴。因为我是年轻人，刚去《收获》，家人会问他：'你认识小程吗？''认识。'他话特别少。就是这样的一位前辈、一棵大树，对我的影响是巨大的。"

余华回忆道："我记得我当时给李小林发了个短信，里面有一句话：'是巴金的长寿，让我们这一代作家有足够时间自由成长。'李小林后来告诉我，看到这句话以后，她掉眼泪了。确实是，巴金的长寿让我们有足够的时间能够自由成长起来。"

苏童道："就是一把伞，是一把遮阳伞。"

程永新道："老巴金几乎塑造了我的人生。上大学之前，他的作品，比如《家》《春》《秋》《憩园》《寒夜》，我都读过，觉得很熟悉他了。但是到了《收获》以后，你才真正发觉他的那种人格魅力。我目睹了中国当代文学、中国当代作家在他那种强大精神感召力下的成长。巴金先生不仅对在《收获》上发表过作品的作家，而且对当代文学、当代作者，都秉持着支持和包容。他就是真诚待人，我觉得一步步走到今天，巴金起了不可估量的作用。他理解文学是什么，就是要表现人的精神，表现人的善良，表现人性的微妙。所以，他才有那么宽阔的胸怀。在老巴金的女儿李小林身上，我也学到为人、为文的一种气息、一种品质，或者说一种人格的力量。所以说，《收获》原意是大海，要海纳百川，要有大海一样的宽阔的胸怀。我们要像维护自己的眼睛一样，维护好文学的成果。"

苏童道："听完这个，感触很深。我们的初衷，一定是希望大家多来读书。"

"确实是，但是因为忙碌的工作，大家读书的时间就越来越少了。"房琪说道。

程永新说："当时社会可以做的事情比较少，所以大家都去看小说去了。文学因为反映了老百姓、读者的诉求，又与反省历史等都结合在了一起，它是思考生活的。"

苏童说："**任何时代，精神都需要有出口**。20世纪80年代的文学，有种狂热的热潮，这是那个时代的特征，它是所有具有高中以上文化水平人的精神出口，不光是有作家梦的人，不光是有远大文学理想的人，所有的这些精神出口就像是千军万马走过了文学这座独木桥，所以就显示出那样一种辉煌。"

余华道："我们幸运的是经历了那个时代。当年我印象很深的是邮政局，只有邮政局有文学刊物。再后来，开始出现报刊亭了，报刊亭里也只有文学刊物。"

苏童回忆道："我也是，我第一次买《收获》是在苏州察院场。我高中时候开始都到报刊亭里面去买，往往没有可买的文学刊物，连《雨花》都买不到，《收获》从来买不到，因为都被别人买走了。所以4号出版，你得差不多7号、8号左右便要去看看杂志来没来。那时候，我们苏州的小城文学青年不计其数。"

程永新说："没有改革开放的大环境，就不可能有文学的繁荣。当初文学杂志的发行量是巨大的，我们最多时到过一百万册，因为那时候全中国的人民都在读文学。全世界没有一个像中国这样的，每个省，每个市，每个地级市、县级市都有文学刊物。文学疆域被拓宽了，中国人对人的精神的方方面面的思考，随着改革开放的步伐，一点点地探索，一点点往前推进。中国正因为有了时代的变化，才有了整个社会形态的变化，才有了文学的今天，这个是毫无疑问的。可以说，没有中国大环境的改变，没有改革开放的进程，就没有今天的文学成就。中国文学终于在改革开放的大时代站起来了。中国文学的巅峰，一定是沿着这条路，走到一个殿堂里面。当然，文学只是一个方面，只是社会变化的一个缩影。"

20世纪60年代初,巴金先生在京与青年作家畅谈。前排左起:吴强、巴金、魏金枝、刘白羽

1986年1月28日,巴金寓所,上海作家与巴老
前排左起:程乃珊、巴金、王小鹰。
后排左起:宗福先、王安忆、陈继光、陈村、赵长天、赵丽宏

巴金、夏衍、冰心

巴金寓所。左起：冯骥才、吴泰昌、谌容、巴金、李小林、陈丹晨

1957
/
2022

岛屿书屋
值班手记

这两天重逢这群老朋友，都是我在编辑生涯中相识相知的，刚才我们谈到的这些作品当中比如像《人生》，20世纪80年代风靡中国，它讲的是一个农村孩子考上大学的人生经历，来给一个时代雕刻画像。我还想推荐余华的《在细雨中呼喊》，这部作品的艺术特点特别明显，它的细节扎实，带一点夸张，带一点变形，它把一个少年的生活、与父亲和其他人的关系刻画得非常到位。再比如刚才聊到的《虚构》，也是马原早期的作品，已经成为中国当代文学的经典读物。随着年龄的增长，我越来越感觉到巴金的《随想录》的重要性。《随想录》其实涉及的内容非常丰富，有反省中国社会的历史进程，有关于人性、文化、教育，关于中国人生活方方面面的事情。我们今天这个时代的文学成果，跟一个时代的变化密切相关。<u>归根结底，时代就是最好的编辑，读者就是最好的编辑。</u>

——程永新

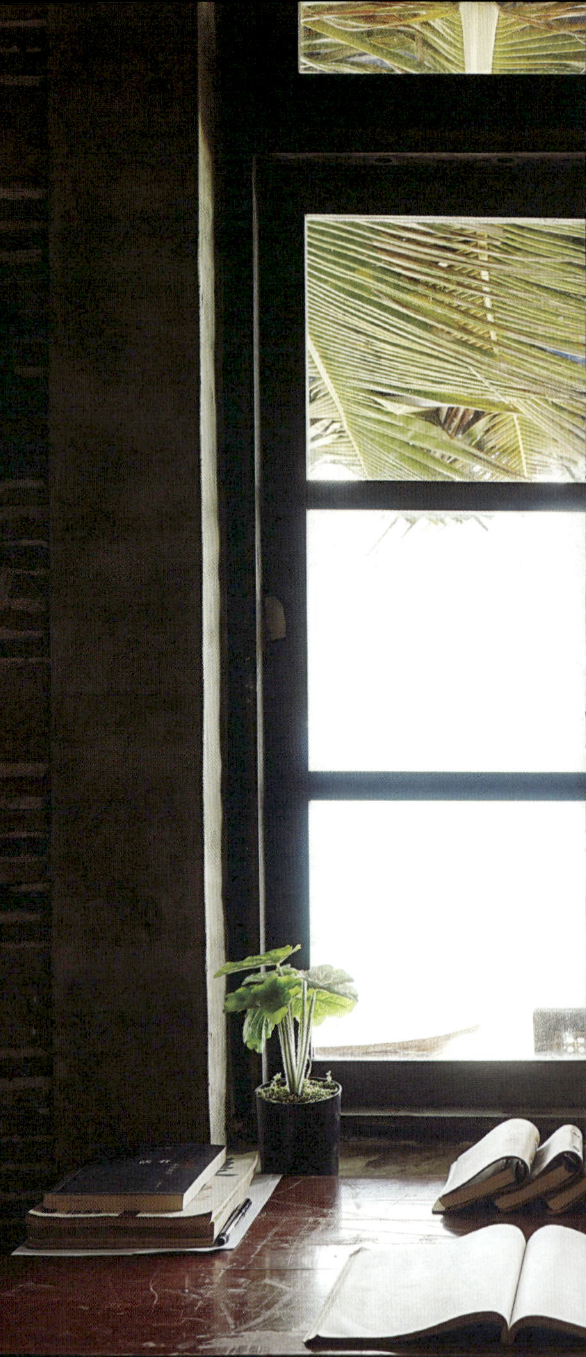

我在岛屿读书

3/12
彼此的背影

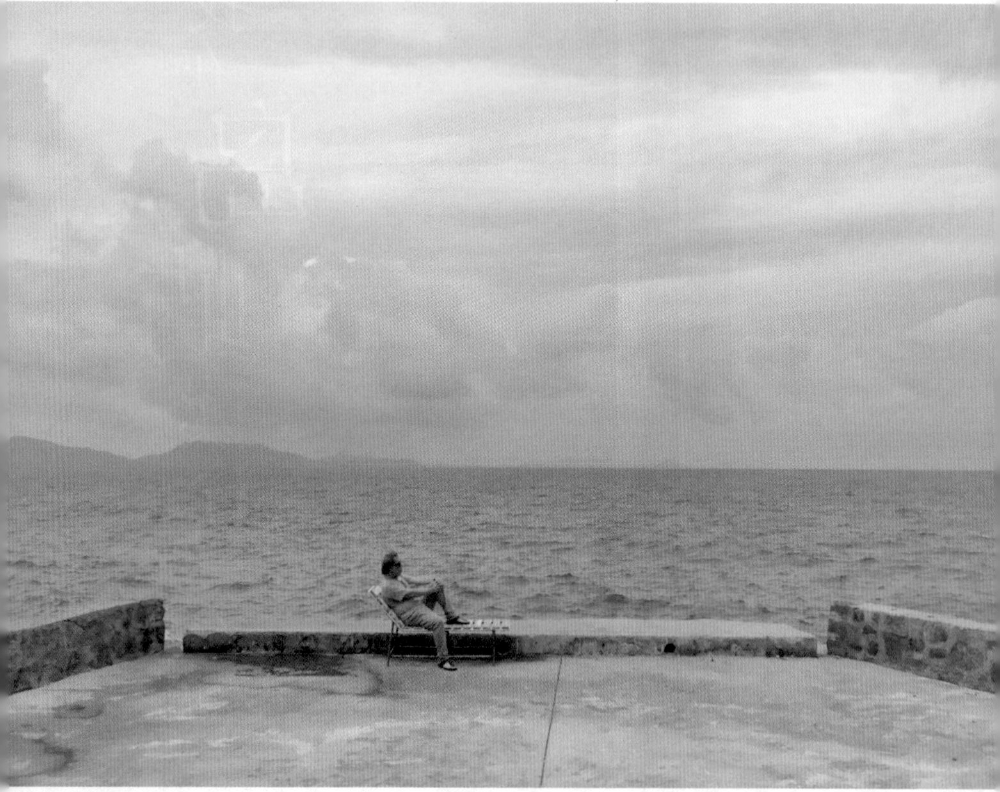

程永新：在海边看看稿子，吹吹风，听听海浪的声音，挺舒服的。在岛屿阅读，能让你沉下心来，慢一点阅读。你在一个岛上，听海浪拍岸，听大海风吹，自然地跟浮躁的世界、喧哗的世界拉开了距离。海岛阅读，创意特别棒。

西川：我最早对海的认识是在北戴河。有一个同学跟一老外弄了两辆自行车，从北京骑到北戴河。他们顺着沙滩，一直把自行车骑到海里，直到骑不动，倒在海水里为止，那种感觉特别好……与岛屿有关的诗人，我想起现代希腊的埃利蒂斯[1]，他得过诺贝尔文学奖。在希腊的一个岛上，一个读者在酒吧里碰到了他，聊起来了，发现他是个诗人，然后就要读他的诗，读了他的诗之后就翻译他的诗，翻译了他的诗之后，埃利蒂斯就获得了诺贝尔文学奖……

> 狭路上我要筑造西风垒成的碉堡，
> 我要派遣被我的渴望圣化了的古老的吻！
> 风吹散了物体，雷击溃了群山。
> 无辜者的生命，这就是我的命运！
>
> ——埃利蒂斯

---

[1] 奥德修斯·埃利蒂斯，希腊当代诗人，1979年诺贝尔文学奖获得者，代表作《英雄换歌》《理所当然》等。

先锋 ❀ 追忆

清早,书屋门打开,见山亦见海。清风似乎刚从微波中醒来,带着咸意,徐徐拂动椰树的枝叶,头顶便涌动着绿色的波浪。鸟鸣阵阵,如波浪里闪动的粼粼光芒。

西川早早起来,散步遛狗。房琪捧着书,在屋外细读。苏童早早沏了一壶茶,站在书架前边翻书边同余华聊天:"我值班的时候,发现书桌上有一本书——《百年孤独》。打开一看,重点不在这里,这是马原老兄给我们寄

彼此的
背影

来的，我读过了，你也读一下吧。"

马原随书寄来的还有一封短信：

> 余华、苏童二位好。原本要与你们在岛上一道参与读书，奈因身有大恙，无法成行。去年离开南糯山，重返上海，全赖余华出面联系最好的医生、医院诊疗，才从鬼门关逃离。读书是我们生命里最乐之事，羡慕你们的海岛读书之旅，渴望再聚。
>
> 马原

余华陷入回忆之中:"和马原从80年代认识到现在,已经三十多年了。当年没有手机,主要是靠信件往来,每读一本很好的书都会写信给朋友推荐。看他的信,很亲切,觉得我们又回到了青春时期。"

苏童问:"你是哪年跟马原头次见面?"

"第一次见马原应该是1988年,我们在鲁迅文学院的时候。我们房间门口横着一张床,莫言的床靠着窗户。马原经常盘腿坐在门口那张床上,我和莫言就在自己床上,一块儿聊天。我们盘腿坐着,一块儿聊文学。那个时候,老朋友见面以后,好像除了谈文学之外,不会谈别的话题。"

苏童说道:"马原那时候谈的文学本身就跟我们不太一样,这一点印象很深。他尽管在我们心目中是很先锋的、很'探索'的,但他自己喜欢的是霍桑[1],甚至西默农[2],阿加莎·克里斯蒂[3],他也喜欢。他喜欢的都是古典文学——19世纪比较古典的作家和作品。"

"那时候,他还会背一首拜伦的关于海上回来的诗,我印象特别深。马原是属于读小说读得最多的,他说他读过两千部左右的长篇小说。后来,格非去证实了,说,凡是他问的书,马原都读过,而且马原还能告诉你是哪个出版社的版本。"余华说道,"比如,当时格非向我推荐布尔加科夫的《大师与玛格丽特》[4],马原早就读过了。马原还说,这本书人民文学出版社出过一版,以后再也没有了。我当时就给人民文学出版社的一个编辑写信求书,他就把他那本书寄给了我,就是马原说的那一版。"

苏童道:"跟马原见面,我记得是在韩东家里。20世纪80年代,马原到南京来,当时他是先锋文学探索小说带头大哥,有影响力、号召力。马原像王子一样,谈天说地,别人洗耳恭听的样子。我们当然是想着要约稿,

---

1 纳撒尼尔·霍桑,美国作家,代表作《红字》《玉石人像》等。
2 乔治·西默农,比利时裔法语作家,代表作《拉脱维亚人皮埃特尔》《十字路口之夜》等。
3 阿加莎·克里斯蒂,英国作家,代表作《东方快车谋杀案》《尼罗河上的惨案》等。
4 《大师与玛格丽特》,俄国作家布尔加科夫的长篇小说,作品将现实与魔幻相融合,讲述了一个郁郁不得志的作家传奇的一生。小说故事体系庞大,线索繁杂,是20世纪魔幻现实主义的代表作之一。

我那时候是《钟山》的编辑，约稿是我的职责，约稿成功是会在编辑部'立功'的。

"过了几个月，我就写信给他，马原那时候在西藏。我就问他稿子写得怎么样了，他就给我回了一封信。这封信，我印象特别深。我是指望他写《拉萨河女神》这类的小说，但是他说：'苏童，我这个小说还没写出来，我要写一个古典小说。'他就这么说的。我当时就觉得他所说的古典小说肯定不是《红楼梦》，肯定不是《三言二拍》之类的，就问他是什么意思。他在信里说，他要讲故事。

"后来他写了小说《旧死》，这篇作品在他小说当中属于不知名的。说老实话，我不认为这个小说有多好，但这是一个变化，我很吃惊。所以我后来很多次在《妻妾成群》的创作座谈会上讲，其实写《妻妾成群》这个小说，之所以突然决定讲故事，所谓的引入古典元素，真的是跟马原这封信有关系的。因为我在琢磨他要写什么的时候，也一直在反思我这么写下去有意思吗，或者说，来讲讲故事怎么样。那封信，我很多年没看见了，但跟马原的交往确实跟我的创作有关系。"

"马原确实是先锋文学，可以称得上是先锋文学的领头羊。像马原的《虚构》，这样的小说一篇一篇地出来以后，对我们确实起到了鼓舞的作用。"

彼此的背影

马原

余华问苏童,"我不知道马原跟你说过沈阳作家刘兆林的故事没有。"

"刘兆林,我知道,写过《啊,索伦河谷的枪声》。"

余华说:"对。那时候马原住沈阳。刘兆林读完你的《妻妾成群》后,在沈阳城里边转了很长时间,最后敲响了马原的门。他跟马原说,他发现越年轻的作家写出来的东西越成熟。"

余华说完,两人不约而同地笑了起来。

苏童接着聊起马原:"因为他的生活经历特别丰富,年轻时在西藏,所以他那时候写作的内容多以西藏为背景。现在,他一个人住在西双版纳南糯山的高山丛林里头,生活很有传奇性。"

西双版纳的南糯山盛产茶叶,苏童跟余华都去过马原那里。兴之所至,苏童建议跟马原视频通话一下,余华立即拨通了马原的电话。

视频中,马原头顶墨镜,一脸笑意。

马原告诉余华和苏童,他刚从杭州回来,现在在上海,恢复得很好,比去年强多了……七十岁的马原、六十岁的苏童、六十二岁的余华,忆着往昔,不时开怀大笑,仿佛回到了从前。

余华对马原感慨道:"想想我们当年认识的时候多年轻。昨天程永新还说起你当年到嘉兴拍《中国文学梦》时的情景呢。我们这群人里边就你见过巴金,我们都没见过。"

马原笑道:"老爷子还送过我一本书呢。想想还是挺激动,老爷子还在书上题写了'马原同志'。"

"巴金肯定写'同志',他不能叫你'马原先生'。"苏童笑着打趣道,"你南糯山的'城堡'里头还有马蜂吗?你还记得我被马蜂蜇了一口吗?"

马原笑着说:"记得记得,马蜂是常有的。现在那里又漂亮了很多,因为我把院子里几百根大木头都立起来,变成一个55米长、5米高的木墙,'天堂'一样的地方。"

……………

"真是,一晃多少年过去啦!"通话结束后,余华转身放下手机,递给苏童一把扇子,"我和马原的关系可以说是亲密无间,现在年纪大了,谈的全是看病、吃药,我们这些人已经很长时间没在一起谈文学了。年轻的时候聚到一起,话题永远是文学。那时候去上海,他住在华师大招待所,招待所晚上十一点关门,但我们会在那里聊文学聊到很晚。所以,**这次来岛屿以后,我觉得一个很大的收获就是,不再谈文学的人又在一起谈论文学了。**"

相识 ● 相见

　　时近中午，阳光强烈，近处的椰林、远处的海浪都泛出懒洋洋的困倦。书屋前的那条石子路，除了一对拍婚纱照的情侣，便落入寂寞之中。

　　远处，慢悠悠走来了作家叶兆言，他挎着小包，拿着折扇，笑眯眯地打量着岛上的一切，小声赞叹道："这是个好地方，好像还是一个皖南民居的感觉……说真心话，我听说苏童在这儿，我就非常高兴能跟他同行，我觉得好多事都解决了。虽然我年龄确实比他大，但其实在生活或者在感

情方面,我都很依赖苏童,真的很依赖他。"

众人与叶兆言打呼过后,陪他到了分界书屋。程永新告诉他,书屋里有他的《刻骨铭心》。叶兆言扫了几眼书架上自己的作品,笑道:"应该弄点旧书,都是新书不好看,有旧书感觉有包浆。"

房琪问道:"老师家里的书是不是很多?"

"还可以,应该比较多。"叶兆言说,"我确实是个'书呆子',到任何一个地方只要看到有书,我还是很高兴的。我到哪儿的第一件事一般都会去逛一下图书馆。"

"老师,我们在书架上看到的这些作者,是不是您生活当中都很熟识?"房琪再问。

叶兆言指着余华、苏童等人的作品:"反正眼前这几个肯定熟,余华肯定认识,苏童就不用说了,汪曾祺也熟,他比我爸爸大七岁左右,所以感觉跟我爸是一辈人。"

"其实在这种家庭环境里长大,会觉得很幸福,从小可以被很多东西熏陶。"房琪满眼羡慕地说道。

"倒也没有,因为我们家庭情况有点特殊,家人其实不愿意我当作家,这个才是真实的,虽然我们家书很多。"叶兆言看着满脸惊讶的房琪说道,"我确实是跟余华、苏童他们都不一样,苏童因热爱文学而写作,余华说自己为了不当牙医而写作,我就是不停写作才变成作家的。我父亲以及他们那帮朋友,好像天生就是作家,我在这样的环境中长大,很习惯读书写作。上大学以后,班里全部的人都在写作,都写小说,我也就稀里糊涂写上了。我的第一篇小说是方之[1]让我写的。我走上文坛的时候,有五年小说发表不了,不停地被退稿,有一段时间,一篇小说能退十几次。退到最后,我觉得自尊心很受伤,高晓声就跟我说:'你不用投稿了,你就写吧,写了搁在抽屉里,我就这么干的。'有一天,某篇小说突然发表了,走上文坛的路就顺起来了。他们一方面鼓励我写东西,另外一方面也告诉我,小说其实发表不发表不重要。我最初的文学道路其实蛮有意思的。"

开门听涛,围桌饮茶,茶香、书香令人心静。

房琪问道:"各位老师,你们第一次见面的时候对彼此是什么印象,还记得吗?"

苏童说:"我跟叶兆言都在南京。我早期有两本书被收入江苏文艺出版社的'八月丛书',我自己特别喜欢这套丛书。现在来看,封面还是很漂亮,很超前。'八月丛书'是一个作家的集子,那是叶兆言策划的。"

---

[1] 方之,当代作家,代表作《在泉边》《浪头与石头》等。

彼此的背影

八月丛书

"集子里收录了苏童、王安忆等人的作品,都是印了一千五百本。"叶兆言说,"那时候要出个小说集,是个大面子。"

程永新说:"那个时候出书特别难。"

叶兆言说:"那个时候,我正要离开出版社,觉得新文学已经到这份上了,可以出一套书了,所以取名叫'八月丛书'。他们问我'八月'是什么意思,我就说八月可以收庄稼了,可以收获了。"

程永新问苏童:"出了这套书,你就跟兆言的友谊加强了吧?"

叶兆言说:"我们俩其实同一天到创作组报到的,在那以后搞活动,我们俩经常在一起,也几乎是同时走上文坛的,虽然不能说是难兄难弟,但确实是有一种文学上的认同感。其实这也是一种欣赏,是一种认同,比如**你阅读一段文章的时候,你会有种认同感,互相之间一页两页纸就可以完成思想的交流、碰撞。我觉得这就是一种友谊,互读作品的过程也是阅读友谊、互相支撑的过程。**"

余华对程永新和叶兆言说:"我们刚才跟马原通了一个视频,他气色很好,恢复的情况比预料的好多了,马原还是自身强大。"

叶兆言回忆道:"我认识马原的时候,他是大学生,我也是大学生,而且都属于那种写了小说发表不了的。马原到处东逛西逛,拿着退稿什么的。

左起：叶兆言、程永新、余华、格非

我觉得这就是一个先锋作家的样子。对于写作者来说，**我认为先锋是一种姿态，所以这个东西你应该永远保留，真正的作家是特别孤单的，甚至说特别孤独的，因为写作是具独立性的。**"

程永新评论说："马原是先锋文学的一个特别典型的代表。像他的《冈底斯的诱惑》，讲的是人跟宇宙的关系。我们一般的作品都是讲人在生活当中，但是《冈底斯的诱惑》不是讲这个，它讲的是人作为地球上、天地中间的一个生灵，跟整个宇宙是什么关系。"

苏童说："我跟余华第一次认识，我记得很清楚，是在朱伟家里。"

叶兆言挥了挥扇子："我可以接着苏童的话讲，苏童当时就没记得余华，为什么？"叶兆言看了看有些吃惊的余华，说，"因为我们两个第一次在火车站接余华时，苏童记不清余华是什么样子。我们俩就很傻地在火车站看见一个人过来，苏童就说这个人可能是，我们就喊一声'余华'，真是很狼狈⋯⋯"

苏童大笑："反正不重要的事情我都记住了，重要的事情都没记住，我们聊的什么我都忘了。"

余华问："那是哪一年，1992年？"

苏童说:"对,差不多,是陈雨航[2]来的时候,是签约吗?还是——"

余华说:"台湾有一个出版代表团来,是李小林介绍的。他们到大陆来就是来签约的。那个时候他们突然发现大陆翻译家翻译的外国文学作品比台湾的要好多了。"

苏童补充说道:"是那个郭枫,他第一次试出版了阿城的'三王'[3],结果成了台湾的爆款,大红大紫。所以,这就使得很多有实力的出版社要来挖掘大陆的创作资源,这才有了陈雨航他们的这次大陆行。"

"这很有意思。"叶兆言问程永新,"《收获》这么多人,你知道我最早认识谁?"

"谁?"

叶兆言说:"就是你呀。这很奇怪,我的责编是肖元敏,但我反而跟你最先认识,最先见到。"

程永新说:"在南京见的吧?"

"先是在南京,后来我们到了海南。"

程永新说:"对,海南,昨天考证下来是1993年。"

"那时才三十多岁,一下子这么多年过去,想想太可怕了。"

程永新谈起了《收获》创刊六十五周年展览:"我们《收获》今年就六十五周年了,我们在上海中心搞了一个展览,有一个版块设计得蛮好:一家三代人在《收获》发过作品的,名字排列在展板上,但其中某个名字是盖住的,如果有人能根据家庭关系猜对了这个作者名字,我们就给一本签名书什么的。创意蛮好的。比如——叶圣陶、叶至诚、叶兆言祖孙三代,再比如说曹禺、万方父女两代。曹禺二十四岁写出了《雷雨》,女儿万方也写了很多作品,像《收获》发表的《你和我》,通过她父母的爱情故事来反映我们几十年的社会历史,父亲曹禺对她的影响肯定是巨大的。"

---

2 陈雨航,中国台湾麦田出版社创始人,曾任中国台湾远流出版社文学编辑。

3 阿城的"三王"即《棋王》《树王》《孩子王》。

传承 致敬

叶兆言说:"我家电视柜底下全是《收获》杂志,老《收获》,我是真看。"

苏童感慨道:"在我们都不知道书是什么的时候,你已经在爷爷叶圣陶膝下阅览老人家的书房了。"

"我家老爷子(叶圣陶)他不藏书,他的书是谁喜欢谁拿。我爸爸是收藏书的,所以他的书才最多。"叶兆言说,"我父亲真是个书呆子,订了好多书。我记得1978年的时候,他那些文学期刊都订了四五十块,几乎把中国的文学刊物都订下来了,只有图书馆才会干这样的傻事,但我父亲就是这么做的,所以他对文学的热爱是最狂热的。"

程永新颇为赞许地说道:"兆言跟他的父亲、他的爷爷一样,身上有

彼此的
背影

一种书卷气——知识分子的那种气息。像他们身上这样三代人的文化传承，其实跟我们《收获》的精神气息是相通的。"

叶兆言回忆说："我祖父到了八十多岁，每天还坐在那儿写东西。所以老人家和我父亲给我的一个印象就是他们一直都是坐在书桌前的。所以我成为作家以后，我对自己的要求也是这样，**写不写得出来不重要，成不成名不重要，坐在那里很重要，坐在那儿的背影很重要**。所以我说我父亲、祖父，他们的背影对我的影响远远大于他们本身，因为他们一直坐在桌前。我祖父当时都八十多岁了，每天还能在写字桌前坐八九个小时，我父亲基本上也是这样。我觉得我现在也是非常完美地跟他们一样，如果在家，我一定会在工作桌前坐七八个小时，所以我还能坚持天天写作。"

这是我一直以来想写的一部书。想说的意思也简单,就是想向父辈致敬。在我生长的环境里,父辈们一直都是高山仰止,高不可攀。大家好像总是生活在父辈的阴影下,我的父辈、父辈的父辈、祖父辈的父辈,他们的历史始终都闪耀着迷人的光辉。

(叶兆言《通往父亲之路》选段)

叶兆言的手稿

叶兆言与祖父叶圣陶

少年叶兆言（前中）和祖父叶圣陶（前右）、父亲叶至诚（后右）、母亲姚澄（前左）及堂兄

叶圣陶

叶兆言说："《收获》从文脉上来讲，它有一个传承。前面是茅盾，后来有靳以、巴金，再到现在，是一代一代人传承下来的。我觉得，当时刊物的诞生，也是像我们这样讨论出来的。"

余华笑道："他们这帮人比我们这帮人靠谱，我们这帮人都议论了半天，啥事都没做。"

房琪问："是不是即使到现在，如果能把作品刊登到《收获》上，也是非常非常困难的事情？"

"当然困难了，太难了。"余华说。

房琪又问："各位老师都有自己的学生，你们也会觉得，如果学生的作品刊登在《收获》上，那就是一种很大的认可？"

苏童说："我有一个学生，武茳虹[1]，很特别。她既是我的学生，也是余华的学生——我带的硕士、余华带的博士，她在《收获》上发表过两篇，她是我的学生中第一个发作品的。"

余华说："我的一个学生，叶昕昀[2]，从去年到今年已经在《收获》发了三篇了。"

"小叶还是我们迄今为止最年轻的卖出了影视版权的作家。"程永新接着介绍道。

苏童问："《孔雀》吗？"

"对，《孔雀》，"余华说，"她一发表就卖了影视版权。她以前没有写过东西，为了来考这个班才开始写作，一直到准备报考我博士的时候，才把她的三篇小说给我看。看完以后，我跟她说：'你发表过没有？'她说，没发表。我说：'你是一个没有发表过小说的小说家，你已经成熟了。'"

苏童说："现在叫'宝藏女孩'！"

程永新问："现在叶昕昀是苏童的博士生吗？"

---

1 武茳虹，青年作家，代表作《山的那边是海》《儿子》等。
2 叶昕昀，青年小说家，代表作《孔雀》《最小的海》等。发表在《收获》上的作品有《孔雀》（2021年第4期）、《河岸焰火》（2021年第5期）、《最小的海》（2022年第4期）。

"叶昕昀是我的'嫡系',硕士、博士都是跟着我的,武茳虹是苏童的硕士、我的博士。"余华开玩笑道,"现在武茳虹基本上听我的,已经不听他的了。"

众人大笑,苏童笑得尤为快乐。

余华坦言:"我跟我的学生相处模式就是朋友之间的那种模式,所以我的学生都挺喜欢我的。我看得出来,他们是发自肺腑地喜欢我,我对他们以诚相待,平等相待,反正我觉得我的学生都很愿意跟着我的,好像还没有发现某一个学生讨厌我。"

程永新很感慨:"所以我觉得,为什么像叶昕昀、武茳虹她们起点比较高,她们太幸运了。她们碰到了中国最优秀的作家。自从像莫言、余华、苏童,包括西川、欧阳江河,这一批作家到大学里面去讲课,就带来了一个明显的区别。我个人感觉,他们跟那些教理论的老师不太一样,因为他们有着丰富的写作经验,他们的艺术感觉特别好。我印象特别深的一件事:余华说他的一个学生写了一个残疾人,这个残疾人坐在轮椅上生活。余华指出:'你没有写出这个人对声音的感受。'余华说,一个坐在轮椅上的人,一个生活不便的人,他对他的轮椅发出的声音应该特别敏感,他对这个世界上所有的声音都是特别敏感的。这样的指导意见,就是特别有才华的作家才能说得出来的,所以这种传承才是非常好的传承。多少年以后,你再回过头来看,**文学就是一代一代人的传承、累积,文学是这样,其他的事业其实也是这样。**"

余华说:"我很喜欢叶昕昀的《最小的海》,因为我觉得它虽然没有《孔雀》广,但它比《孔雀》深。"

程永新说:"我们让她把结尾稍微动了一下。"

"她真改了,一下子就改好了。"余华骄傲地说道,"我这次开讨论会的两个学生,有一个很好的优点——会改稿。一个孩子只要会改稿,就很厉害。"

苏童说:"是,我一直在训练学生的改稿能力。"

余华用手指着苏童:"而且现在的孩子有一个巨大的优点,比苏童好多了——"

"什么?"苏童笑问道。

"比你好到哪儿了,苏童,你知道吗?用英语翻译你的小说的时候,人家刚翻译完那段,苏童又要改了。人家就说:'苏童,你把改动过的地方变个颜色。'因为当时都用电脑吧,结果苏童不会改变字体颜色,对翻译家来说,这很痛苦的。现在我的那两个孩子上来就告诉我:'老师,字体变色的地方是我们修改过的。'我一看,清清楚楚,你知道吗?"

"你要看是什么年代!"苏童大声"辩白"道,"现在我也会了,现在真的会了——"

叶兆言说:"老家伙学不会新玩意儿!"

"不,我能学新玩意儿。"苏童说道,"余华刚才说的是《河岸》,那一本书早了。现在导致英文版翻译的《河岸》跟中文版《河岸》没关系了,因为我不停地改。技术也熟练了,要不我立马给你演示一下如何让字体变色?"

众人又一阵大笑。

余华说:"为什么玩来玩去,还是我们这一代,那帮年轻人愿意跟我们玩吗？也不愿意跟我们一块儿玩，所以我们都只能自己玩。"

苏童说："我们年轻时候也不愿意跟老人、老作家们玩。"

叶兆言反对："不，林斤澜[3]可以。"

余华想了想，说："老林是可以。我在鲁迅文学院北师大那个班的时候，他是我的老师。他带了三个学生，对我是最好的，给我的毕业论文打了九十分，给其他的学生七十分、八十分左右。而别的老师一打都是一百分，你知道吗？后来我还电话里面埋怨他，我说：'老林你也太保守了，我同学比比皆是一百分，你给我弄个九十分。'他很惊讶，说：'是这样吗？'"

房琪问各位老师："你们都还记得自己出版的第一本书吗？"

苏童说："第一套书是自费出版，有点过分。当时我们《钟山》杂志社刘平说，我们四个青年编辑，小说写得很好，没人给我们出，我们自己出钱出。给我，还有范小天、唐炳良、沈乔生四个人，一人出了一本。"

房琪再问："如果看到自己的朋友发的作品，会觉得有一点点羡慕吗？"

叶兆言说："肯定有羡慕，羡慕、嫉妒、恨是肯定有的，这哪能没有，都是正常人。"

苏童打趣说："现在余华的作品，我从来不看的，扔旁边去。"

叶兆言说："我相反，我特别虚心，他们俩的书一出，我都让叶子买，真的是这样，《黄雀记》《文城》我都买了。"

苏童说："短篇，比如余华的短篇、兆言的短篇，我都会看的，所以我对他们的短篇非常了解。"

余华说："我已经二十年没写短篇了。当年为了出《许三观卖血记》这个长篇的，出版社等了又等，说是要等苏童跟叶兆言的小说出版以后才能把我的小说带动卖。后来格非完成了一部作品，我们两个人等他们两个人带，真是熬白了头。"

苏童说："这个事情我还真不清楚。"

---

3 林斤澜，现代作家，《北京文学》前主编，代表作《春雷》《头像》等。

"后来兆言交稿了,结果苏童比较讨厌。"余华指了指苏童,说道,"他明明没有写,还跟人家说他在写。最后你知道吗?我那段时间真是太焦虑了。"

房琪再问:"比如说,如果看到兄弟们写出了好作品,当时会有什么样的想法,会觉得想要超越他吗?"

余华说:"没有,这个真没有。"

苏童说:"这种攀比,年轻时候可能不免会有。"

余华看着苏童道:"年轻时候我们攀比都是那些大师作家,谁跟你攀比,是不是?我们都是找霍桑去攀比,找福克纳、海明威他们去攀比,你说是不是?"

"也难免,我有时候也要跟你攀比一下,"苏童说,"偶尔也要攀比一下。但是到了一定的年龄,说实在的,这种攀比,包括嫉妒,都没有了,但羡慕还存在。比如我就特别羡慕余华写出了《活着》这样的奇迹般的小说,但别的情绪都没有了。反正你就写你自己的,因为多一部少一部,对于我们来说，它已经不是意义了。唯一一个默默的期待是期待奇迹发生在自己身上——写作的奇迹，自己能写出一部特别的。比如我写出了一部《活着2》，卖得比《活着》还好。"

叶兆言评论苏童和余华："苏童的小说有一种天然的少年气息。我一直说，他的东西好像是被玻璃球裹着的，我们看的是玻璃球里面那个东西，它玲珑剔透。余华就不一样，余华其实有股狠劲的，但同时余华的小说中间其实还有一种巨大的仁慈，就是那种拔牙敢用劲的感觉，拔牙虽然很疼，但他是要给你消痛的，这是我特别欣赏的。"

在谈到彼此的友谊时，叶兆言说："**有时候我觉得，阅读是一种友谊的方式。**我们这拨人差不多同时出道，你总能在对方身上看到一点自己的影子，有亲切感。比如现在余华刚出一本书，看他这本书时，你会想到他以前的书，又能想到我们一起走过的日子，便觉得非常有意义。**阅读，对我们来说在某种意义上是向同行致敬，看余华，看苏童，没什么功利性，有一种友谊的成分在里面。**就写作队伍而言，现在余华、苏童绝对是属于领头的，我们荣辱与共，因为苏童火了多少能带动一点我，是吧？你要说一点妒忌都没有，那是不可能的。"

苏童接着叶兆言的话茬儿说："评论界说我们'叶苏'长期是双子星座，当年连同朱苏进[4]，媒体评论说我们是'三驾马车'。我跟兆言的名字长期在一起，如胶似漆。"

4　朱苏进，当代作家，代表作《在一个夏令营里》《我的兄弟叫顺溜》等。

岛屿书屋
值班手记

我觉得写作者都是同行,大家都是朋友。我挺感谢今天我所处的这种环境,也挺感激我现在这个状态。我喜欢写,我能干这件事,而且通过这件事还让大家喜欢,我觉得非常幸运。

今天能在海岛书屋相聚,苏童、余华、永新都是我年轻时候就认识的好朋友,跟他们聊到了福克纳,聊到了汪曾祺。再隆重推荐一下福克纳的《献给艾米丽的一朵玫瑰花》。这一部小说对我个人的影响非常大,给我们在写作的尺度方面提供了非常好的文学经验。还想推荐汪曾祺的《异秉》和《受戒》。汪曾祺在改革开放以后走上文坛,引起轰动的是《受戒》,但其实汪曾祺出山以后写出来的第一篇其实是《异秉》。从小说本身来说,我个人觉得是《异秉》比《受戒》好。我还想推荐一下苏童的《祭奠红马》,苏童的风格在这部小说中间体现得淋漓尽致。还有一本就是杨本芬的《秋园》,这也是我去年向很多人力荐的一本书。这个作者原来没写过东西,退休以后就写了这样一本书。《秋园》写得非常朴实,非常有趣,作者告诉你一个非常简单的真理:<u>写作不一定是那些作家的事情,你只要写了,你就有可能成为一个作家。因为文学的门槛就是这样,你迈过去了,你就是作家。</u>

——叶兆言

彼此的背影 | 099

这是岛屿读书活动颇为丰富的一天。

清晨，西川独自游岛，放舟大海；上午，一行人在沙滩小坐，苏童、祝勇与小朋友们踢起沙滩足球；傍晚，大家一道赏晚霞，余华献技，为众人烧烤羊肉。入夜，祝勇又带着大家玩游戏……

我在岛屿读书

4/12

生活有心·文学有趣

烧烤师 ✂ 裁剪师

沙滩柔软,足球飞传,苏童、祝勇与一群少年玩得不亦乐乎。

苏童自炫:"我天生在体育方面还是不错的。"

叶兆言对余华、程永新道:"苏童无论做任何事,动作第一。确实是,我没瞎说,游泳也是。有人问我了,苏童游泳怎么样?我说,肯定是动作极度标准——他保龄球动作也很潇洒。"

苏童自嘲道:"我打乒乓球最蒙人,因为猛一看动作,我像省队的,

一打起来，就是老年队的三流替补。"

"这些孩子都踢得很好。"余华说，"可像你们现在这个年龄（指程永新和苏童）在沙滩上踢球很容易骨折。我在北京的时候，在一个四合院里摔了两跤：厕所有个门槛，没看到，摔一跤；刚爬起来，又一个门槛，再摔一跤。连摔两跤以后全身疼，别的地方都好了，就这个地方到现在还疼。"他捏着自己的手指说道。

苏童也讲起自己在国外撞玻璃的经过："在国外酒窖，里边玻璃太干净，一头撞了上去，眼睛这边缝了三针。后来觉得太亏了，你知道吗？一气之下，

我回来后居然又喝了一瓶红酒,哈——"

"这帮孩子配合得不错——之前我读过余华的一篇散文,名字特别有意思,叫《篮球场上踢足球》,觉得这文章写得特别有趣。其实在零几年的时候,我们北京的作家也有一个足球队,很多作家都一起踢球,比如说像孙郁、格非。这也是非常宝贵的经历。"祝勇又说到读书,"从余华老师最早的三本余华作品集,直到现在的作品,我基本是全的。我买很多作家的书都是买全集。为什么买全集呢?只有全集里面才收书信和日记,我觉得**日记是一个人物生命轨迹特别生动和真实的体现**,所以这些书籍我都特别爱看。"

苏童说:"祝勇的书,我昨天在书屋里看见了,好多。"

"有四本。"程永新说。

祝勇说:"我是故宫博物院的研究馆员,平时就在故宫博物院里面工作。这些年,我以故宫的藏品和历史为主题进行写作。故宫就是一本读之不尽的大书,值得我们用很长的时间去阅读。《我在岛屿读书》在节目形态上是一个创新。我们写作者,是很难得有这样见面交流的机会的,而且在岛屿的这样一个很浪漫的、很自然的环境里面,能够潜下心来读书,交流一下写作体会、阅读体会,对我来说是很难得的一种体验。"

傍晚时分，西川才慢悠悠回到书屋。房琪问他去了哪里。西川理理头发，说："我在大海边上转了一下，海浪太好看了。我有过几次在海上坐船的经验，海船进到深水以后，海水的颜色就开始变暗，最后变成紫色，变成黑色。海浪好看到你想往下跳。我在船上，朗诵着自己的诗：'凌厉的海风，你脸上的盐，伟大的太阳在沉船的深渊，灯塔走向大海，水上起了火焰……'"

余华打趣西川："问题是你没跳。"

"什么力量留住了你？"房琪也一本正经地开起玩笑。

"我也在想，是我'庸人'的那一面把我给留住了。"西川转头问祝勇："你们那儿有一个展览，有郭熙[1]的画，我没去，展览结束了吗？"

西川所说的展览，正是《照见天地心——中国书房的意与象》，是由故宫博物院主办的以中国书房为主题的展览，在故宫午门展厅展出，通过展示郭熙、米芾[2]、文天祥等名家作品，为观众阐释了中国文人书房的文化内核与时代精神。

"应该到 10 月底结束，回去还来得及。"祝勇说，"你那个书我看了，写得挺好的，是《北宋：山水画乌托邦》。"

西川说："我写这本书，并不是为了写美术史，实际上是用文学批评、美术批评的眼光来看待那个时代的绘画。其实我谈的绘画很少，书里只谈了八个人，只谈他们最重要的一幅画。比如宋代的郭熙，我会讨论到他和王安石变法之间的关系，过去的美术史几乎没有写过。但实际上郭熙是一个很有政治性的画家。"

祝勇说：**"其实看展也是一种阅读，是一种感受文化、了解历史、增长见闻的重要渠道。**故宫博物院这几年做的展览的确比较受欢迎，把大众兴趣点引导到对于我们中华民族优秀历史文化上来。我们博物馆所承载的古代的文化信息，需要跟现代人的生活需求产生一种情感交流，产生一种

---

1 郭熙（1023—约 1085），北宋画家、绘画理论家，画作有《早春图》《窠石平远图》等。
2 米芾（1051—1107），北宋书法家、画家、书论理论家，作品有《张季明帖》《蜀素帖》等。

郭熙《树色平远图》

苏轼《寒食帖》卷

苏轼《次韵秦太虚见戏耳聋诗帖》

文化共鸣。我们经常讲'**读万卷书，行万里路**'，还要加'**看一万个展览**'。比如说苏东坡他在黄州最困顿的时候写的《寒食帖》，通过《寒食帖》，我们可以看到他在将近一千年之前的那种真实的情感流动。"

暮色渐浓，西天映着晚霞，一片澄明。山如凝涛，云如流波，宛如一幅水墨画卷。

房琪招呼大家吃饭，而余华当了主厨，要为大家做烧烤，熟练地烤起羊肉串来。刚开始，苏童、程永新、叶兆言还信不过余华的手艺。余华则"央求"大家："尝一尝嘛，这可以。"

祝勇、房琪吃过，都说味道不错，大力推荐。

"你还会弄烧烤呢？"西川有些惊讶，"余华会做饭吗？"

余华说："我做得很好，所有的菜都会做。"

苏童打趣道："埃塞俄比亚菜你会不会做？"

"那不会做。"余华说，"但我卖过羊肉串，原来北师大门口的那家店就是我开的。"

叶兆言回忆说："有一次在凉山，阿来也在，用石板烧烤，那个来劲，上去就能吃。"

余华边烤边说："兆言不能吃辣的，我们就少放一点辣椒。"

…………

"跟一帮老朋友在一起，能这么聊天，我觉得还挺欢乐的。"叶兆言说。

西川很满意这样的气氛，说道："老朋友一块儿聊聊天特别好。这么一聊天，一开玩笑，一胡扯，大家会有一种走得特别近的感觉。其实这也像一种阅读关系，忽然走近朋友，就像你跟一本书走近一样。"

祝勇说：**"作家他用另一双眼睛去发现生活，他可能会看到你看不到的东西，所以作家是生活的剪裁师**。余华的作品是以冷峻为风格特点的，但他本人并不冷峻，反倒是非常温情、非常逗乐的。甚至在烤羊肉串的时候，他以此为乐，你要把他手里羊肉串的钎子抢走了，他还不高兴，这个也是作家最可爱的一个方面。"

剧本杀 📖 影视化

饭后,祝勇要带大家去做一个游戏——《谜宫·金榜题名》。

"《谜宫·金榜题名》是故宫出版社出版的一本书,这本书特别受大众的欢迎。首先,它是跨媒体的,不光是单一的纸质书,还需要跟手机软件结合起来,把具体的知识放到书里面,寓教于乐。所以我觉得它探索了一条历史知识传播的新路。"祝勇介绍说。

"玩的方法要与手机结合,它里面会讲一些故事,有探秘的环节,要

结合着书和道具一块儿玩。"房琪念道,"初到京城,虽说是仲冬时节百物凋零,可前门大街上依旧热闹非凡,也许只有京城才能在这战乱动荡的咸丰之年依然保持着经久的繁华。此时此刻,身处闹市的陆鸣渊无暇享受这一切。眼下的他正为手中的请帖发愁,请帖上既没有写时间,也没有写地点——"

祝勇拿出请帖道:"请帖在这儿——"

"我们就来到第一关了。"房琪拿起平板电脑念道,"他看到了一个牌匾上面写着'正阳桥'三个字,突然意识到了请帖上的信息是一道谜题。

比对着眼前的牌楼和手中的请帖,第一番操作后,他从请帖中看出八个字来。好了,各位老师现在要看出八个字来。"

……

祝勇说:"《金榜题名》这本书是根据历史真实事件改编的。据我所知,它的内容参考了当时六十多份与案件有关的奏折和谕旨,甚至一百六十多年前涉案人员的亲笔供词也都拿来做参考资料,所以有着非常坚实的历史文献基础。它在形式上有点像推理小说,通过描述悬案来激发读者的兴趣,让读者通过这样的一本书体验这个作品,了解这样一段历史。"

"我就纳闷,这是多大小孩玩的?"西川问。

祝勇答道:"二十来岁小孩。"

"可是有这么多道具啊!"

祝勇解释:"就是东西多才好玩。"

房琪说:"现在的剧本杀,很火的那种都要坐一天,大家就像开会一样。"

西川问道:"'剧本杀'是个什么东西?"

"就是演一出戏。比如说我们今天晚上都到这个岛上,"祝勇看看围桌而坐的程永新、西川、苏童、叶兆言等人,"我们这个场景就很像剧本杀。"

房琪补充道:"就是角色扮演。"

西川明白了:"咱们这里边有一坏人,是这意思吗?咱们要找出他是谁。"

"对。"祝勇说。

程永新立即进入"角色",说道:"七人来到了一个岛上,与世隔绝。"

苏童接着说:"突然,大家第二天都食物中毒了,谁干的?"他又朝窗外看一眼,补充道,"按照'剧本杀'的方向,通常是摄影师干的。"

祝勇说:"有一点意思了,对对对。"

房琪补充说:"就是一个陌生人。"

"一个完全不相干的人。"苏童说,"我觉得最遥远的方向,我们谁也没注意。刚才有一条船一直在驶来驶去。最后会推理,从那条船上下来一个人,可他怎么能渡海过来呢?最后一查,这边海水很浅,只没到膝盖,

谁都可以下来投毒。"

西川问:"如果剧本杀最后找到这个人了,该怎么办呢?"

祝勇说:"大家玩的是参与的过程。比如克里斯蒂的小说,每个人都是一个角色,而不是在看这个电影或者看这个小说,你就在这个过程中,而且本人不知道结果。"

苏童说:"就像她的《东方快车谋杀案》,我们每个人都在东方快车上,这个岛就是个东方快车。"

祝勇道:"现在很多的悬疑小说、侦探小说也会改编成剧本杀,比如说麦家的《风声》,我觉得它互动性很强,改编了我们传统阅读的单向灌输这样一种方式,是一个很好的传播文化的载体。"

西川道:"让你们这么一说,剧本杀全是侦探故事。"

"悬疑的嘛。"祝勇说,"它有悬念在这个里面。"

苏童说:"有推理。"

程永新说："就像类型文学[1]的一种。"

"对对对。"祝勇认同道。

叶兆言说："悬疑小说我就不行，小时候就没被它吸引过。这个要看智力，我的智力跟不上。"

苏童说："我觉得好看。"

祝勇说："我也觉得好看。"

"爱伦·坡就是悬疑小说鼻祖。"苏童说，"当年纽约有一个卖花女被杀，杀手是谁谁也不知道，很多年没破案。爱伦·坡根据这个案子写了一部小说，按他的推理，指出杀手跑到了伦敦。两年以后破案了，凶手果然就是在伦敦被抓到的，这是一个很极致的推理。"

"这是他'瞎扯'。"余华不屑，"他要是说凶手在分界洲岛，那才厉害。伦敦那么大，这是瞎扯扯对了。"

众人大笑。

余华说："爱伦·坡小说里有这样的细节：要找一个证据，所有人把柜子、床、抽屉等角落全找一遍，都没有，结果在桌上的笔筒里边把它找了出来。一句话，最容易被发现的地方，往往是最难发现的地方。这是我当年看爱伦·坡时留下的细节记忆。"

"我说一个小说，你们肯定都看过，是聚斯金德的《香水》[2]。《香水》很好，但它严格上不算是悬疑小说，它是纯文学。"祝勇说道。

"《香水》跟《黑暗中的笑声》[3]的篇幅差不多，这两部小说可以做个对比分析。"程永新说，"小时候，我最喜欢看的就是《福尔摩斯探案集》，

1　类型文学，指题材具备一定的明显特征、受众群体相对固定的文学创作形式，通常用于描述小说领域的现象，并与严肃文学相对应，如科幻小说、武侠小说、悬疑小说、言情小说等。

2　《香水》，德国作家帕特里克·聚斯金德的长篇小说，作者通过自己独有的狂想与幽默，借由少女作为隐喻，表现了对人类向技术资源不停索取的反思，作品在艺术创作手法上的推陈出新令人印象深刻。

3　《黑暗中的笑声》，美籍俄裔作家弗拉基米尔·纳博科夫发表于1932年的长篇小说。

它有点像推理，又有点惊悚，又有点悬疑。我小时候一哭，我妈就讲福尔摩斯的故事，我一听马上就不哭了。"

苏童说："福尔摩斯的电影拍了好多版了。"

"现在《神探夏洛克》影视化也是特别成功，年轻人很追捧这个。"房琪说道。

叶兆言道："影视的力量还是不可估量的，国际上也这样。你看，昨天诺贝尔奖，大家都不太知道，很多文学作品还是得靠影视剧带火。"

程永新说："今年得诺贝尔奖的埃尔诺[4]，她的颁奖词里面有两个词是蛮重要的，是'勇气'和'敏锐'[5]。她作为一个女性的视角，把与男人交往当中的一些场景、一些细节，浓缩了法国几十年的历史，所以不同时代的人读她的小说后都会有一些反馈，有一些回想。我看她的小说以后第一个印象是她是非常关注个体，就像我们这座岛一样的，一座岛就是一个个体，她非常关心一个个体的内心的体验——人的那种被压抑的东西……"

苏童说："搞法语的专家都知道，安妮·埃尔诺在法国是一个如日中天的女作家。"

程永新说："对，她写了《悠悠岁月》和《一个女人》。"

---

4 安妮·埃尔诺，法国作家，2022年诺贝尔文学奖获得者，代表作《悠悠岁月》《一个女人》等。其自传作品的改编电影《正发生》引起社会广泛讨论，并获得第78届威尼斯国际电影节金狮奖。

5 安妮·埃尔诺的颁奖词："她以勇气和临床医生般的敏锐揭示出个人记忆的根源、隔阂和集体约束。"

大俗 凹 大雅

雨声渐疏，夜色加深。头顶的灯光越发明亮，像一枚发着圣洁光芒的果实。茶香冉冉，氤氲着一个个文学话题。

房琪说道："我那天看到张艺谋老师的一个采访，说本来一开始想影视化的作品并不是《活着》。"

余华说："最开始是想拍一部悬疑侦探小说——《河边的错误》。我们写了好多天，但是不知道怎么拍、怎么影视化。后来他就问我有没有新

的小说，我就把《活着》的清样给了他。20世纪80年代我想写三个类型小说：先是写了一个侦探小说叫《河边的错误》，又写了一个武侠小说叫《鲜血梅花》，又写了一个才子佳人小说叫《古典爱情》。小说《第七天》和《河边的错误》类型很相似，不过《第七天》和我当年的另一个中篇小说《世事如烟》更接近。我小说的日文译者饭冢容在读完《第七天》以后给我写信，他感觉又回到了当年读《世事如烟》的时候，所以这两篇小说更近。"

房琪说："其实这几年紫金陈的小说很多影视化的，年轻人特别喜欢《沉默的真相》《隐秘的角落》。还有马伯庸老师的《两京十五日》《长

安十二时辰》那种。"

"现在那个'铁西区三杰'[1]里面,有双雪涛、班宇,还有一个叫郑执,他的《胆小鬼》就是青春成长小说,它加入了悬疑小说的元素。现在年轻人当中,其实类型小说里面也有一拨人,就是写悬疑小说,你像上海赵长天的儿子那多,还有一个叫蔡骏,还有哥舒意。"程永新说,"他们有个口号叫'向悬疑大师致敬',还有他们特别喜欢日本的东野圭吾。现在上海还有一个华师大毕业的栗鹿,她也写了一个崇明岛上的悬疑故事。"

叶兆言说:"我没迷过这个东西,不知道余华有没有。"

余华说:"我也不迷,我是喜欢看武侠、枪战。大仲马的小说,我就特别迷,因为它是开枪的。"

"《三个火枪手》。"程永新说。

"《基督山伯爵》多好呀。"叶兆言说,"我曾经很喜欢金庸。"

余华说:"金庸我也是看的,《射雕英雄传》我连着几天几夜看完,那么厚。

---

[1] "铁西区三杰",在文学上一般指双雪涛、班宇、郑执三位"80后"沈阳作家,因籍贯相同,被文学爱好者们戏称为"铁西区三杰"。三位作家写作主题主要围绕白山黑水展开,风格干净、爽脆、诙谐,他们创作了多部颇有影响的"新东北文学"作品。

但金庸写到谈恋爱的时候，我就全部跳过，因为我们是去看打的，这是目的。"

程永新由金庸想到了倪匡："倪匡也是蛮'奇怪'的一个人。"

苏童说："倪匡比金庸粗多了。"

叶兆言说："而且他'恶'，他没跟金庸商量好，就把人物'写死'了。"

余华对叶兆言说道："不是这样，不是倪匡有意的，因为他们哥俩是互相帮忙，他们当年都是在报纸上连载的，我今天有什么事情确实写不了，你帮我写。所以倪匡不把这个人'写死'，后边就不知道怎么写了。"

程永新说："梁羽生、金庸还是蛮挺厉害的。"

"他们把中国文化的因素融进去了。"祝勇说。

叶兆言说："阅读金庸是可以给你带来一种快感的，你看着很激动，那种迷人的东西、那种对读者的吸引力，是值得学习的。"

余华："古龙，我就没那么喜欢，因为古龙老是下毒。他是喜欢写下毒，没打呢，那个人就被毒死了。"

祝勇问道："但是这个类型小说的文学价值怎么去判定呢？"

余华说："爱伦·坡肯定是一个很有地位的作家。这就好比《格林童话》和《安徒生童话》的区别，《格林童话》我们小时候都爱看，最后变成了王子或者公主，觉得《安徒生童话》真的没意思。"

苏童道："反正对《安徒生童话》我是臣服的，觉得安徒生确实伟大，写出了关于人的善良、天生的爱心。品读《卖火柴的小女孩》，你自然就有了那种爱。"

"《哈利·波特》算悬疑吧？"余华问。

房琪说："魔幻吧。"

"也不叫魔幻，叫玄幻。"苏童说。

程永新由玄幻谈到了科幻："中国文学其实在2000年新世纪以后，就类型文学这个里面，我觉得比较好的是科幻。"

余华和苏童同时说到了《三体》。

程永新说："刘慈欣的《三体》，它的结构、它的构思，人跟宇宙的关系，

地球生命真的是宇宙中偶然里的偶然，宇宙是个空荡荡的大宫殿，人类是这宫殿中唯一的一只小蚂蚁。这想法让我的后半辈子有一种很矛盾的心态：有时觉得生命真珍贵，一切都重如泰山；有时又觉得人是那么渺小，什么都不值一提。

（刘慈欣《三体》选段）

还有科技跟文明的关系，这种大结构是特别厉害的。它的主题很丰富，有第一大主题、第二大主题，这有点像我们交响乐一样，在第一主题下面还有好多小的主题，它的这种结构，纯文学作家都应该去看一看。喜欢不喜欢不重要，关键是这本书它有点颠覆了我们对科学、对文明的一些基本的看法，它建立了一个非常宏大的宇宙观，它拥有的这种影响力已经不仅是在中国，甚至在全世界都很有影响力，而且第一次我们在类型文学领域引领全世界的读者，刘慈欣功不可没。"

房琪说自己喜欢看《三体》，但祝勇、叶兆言都说看不进去。

余华说："全世界最畅销的书绝对不是类型文学，但是类型文学绝对不会卖不出去。无论美国还是欧洲，你去书店里边，类型文学永远是一张桌子，比如这儿是科幻的，那儿是侦探的，但是畅销书里边很少有它们，为什么呢？它们畅销时间太短，真正世界上畅销的是《百年孤独》。《安娜·卡列尼娜》在美国年年卖十多万到二十万册，那些常销书就是经典的文学作品。"

叶兆言说："世界文学名著有一个必要前提，不畅销就不能叫世界文学名著，没有一本世界文学名著是不畅销的，只是早和晚。没有大卖以前，它就不是世界文学名著，这是非常简单的道理。你不要光讲'畅销书不好'什么的，那是外行话。我觉得商业价值和文学价值是可以共存的。比如说余华的小说，既有商业价值，又有文学价值，这两个不是两个对立的。

"马尔克斯的《百年孤独》可以像香肠、火腿一样卖，**所有好的文学都有非常好的商业价值**，包括'四大名著'——你想想看，《红楼梦》创造了多少财富，所以文学价值和商业价值是不冲突的。我脑子里面从来没有'纯文学'的概念，因为纯文学是一个制造出来的词，而文学其实本身是要求通俗的，因为文学是需要面对大众的。唐诗宋词、明清小说都是俗的东西。所以你看，古文最早是看不起诗的，词和诗比起来又俗一等，因为'诗余'才是词。我们知道'词余'是什么，'词余'是元曲，元曲就更通俗了。**就是因为俗，文学开始有了地位，我觉得文学本身如果能够俗，其实是一件非常好的事情，因为俗就意味着大众，作为写作者来说，你要**

有俗的精华，大雅就是俗。

"纯文学就有点像酒精和糖精，你说我这个东西是纯文学，那相当于喝酒喝的是酒精，相当于吃糖吃的是糖精，纯糖、纯精，还有什么意思呢？一点意思都没有。**文学是非常浑成的、天然的，这才叫文学。**我特别喜欢公园，我不喜欢私家花园，为什么？因为私家花园代表了一种拥有、占有；公园不一样，公园是放开的，它代表了一种生活，代表了一种民俗，代表了一种人间。我所从事的这种文学写作，就希望像公园一样，是让大家共赏。中山陵种了很多树，中山陵的树是彩色的，五颜六色，有点红了，有点黄了，有点落叶了，有点变化了，你会觉得特别好。如果中山陵只有一种树，只有一种颜色，非常不好看。我就觉得我所追求的文学的温暖也是这样一种东西，我希望它是丰富的、多样的、纷杂的、'乱七八糟'的。我是希望这样。"

程永新说："我是这么看类型文学的，包括对网络文学，我们过去其实不怎么瞧得上；网文，也不怎么瞧得上类型文学。但我是持一种相对开放的态度，在网络文学中，我觉得《琅琊榜》就跟《王子复仇记》有一种内在的契合。我在人大讲课的时候分析过这两个作品，好的网络文学、类型文学，既讲究结构，又讲究故事性，又有一定价值的文学性。回头看以往的类型文学，发行得都比较多，你看《达·芬奇密码》，它上来就几百万册，但是《达·芬奇密码》跟马尔克斯的《百年孤独》总量比，肯定《百年孤独》要超过它，因为什么？它几十年下来一直在卖，每年在销。最终还是常销书战胜了畅销书，一般意义上的类型文学，满足了人对一种故事、一种情节的心理，但它关照的东西没有那么深入、那么深刻。所以，我们为什么对文学有一点信念，有一点信心，因为真正好的东西是有一个常销的可能性的。"

岛屿书屋
值班手记

刚才我们谈到的类型文学当中，像马伯庸的《长安十二时辰》拍成电视剧以后已经很有名了，他巧妙地在他的小说里面解构了时间。他的《风起陇西》，里面涉及的人物都是《三国演义》里面出现过的，可整个故事又是他独创的、他演绎的，所以马伯庸是一个特别会讲故事的人。我想，他未来的"野心"肯定不只在类型文学领域。我也推荐阿加莎·克里斯蒂，我们上海作协主席王安忆就很喜欢她。就我个人来说，小时候很喜欢读《八十天环游地球》，这已经成为一个经典的读物。

比如说像斯蒂芬·金，大家都把他的作品当作类型文学，但斯蒂芬·金的自传——《写作这回事》，我推荐大家去看一看，里面谈的全是海明威、福克纳。我们千万不要小觑类型文学作家。纯文学跟类型文学之间，没有一个截然分明的界限，纯文学作品也好，类型文学作品也好，都带给人很多快乐。阅读它也许是严肃的，但同时它也有一种娱乐功能，带给人一种愉悦感，让人感到有一种幸福感。<u>文学就是要像我们窗外的大海一样，要包容，要融合，要互相增长……</u>

——程永新

阴天的分界洲岛,露出另一种美,山在薄云的映衬下,翠绿山峰多了一分凝重、傲然。海水上似乎氤氲一层薄雾,益显深沉与厚重。因为昨夜那场雨,空气格外清新,每一口呼吸都清澈爽净。

我在岛屿读书

5/12

文果载心·余心有寄

自由的灵魂

西川、祝勇、程永新散步归来，话题由大海小岛聊到故宫藏品，由学术研究而及散文创作。

祝勇介绍道："我的写作离不开故宫。兴趣主要是在藏品，藏品里面的主要兴趣在书画，而书画的兴趣点主要在宋、元。另外，故宫博物院院史也是我研究的一个方向，课题方向是故宫文物南迁的史料整理。"

"但这个就不是散文了，这是学术研究了。"西川说道。

祝勇说："我的写作分两种，一种是学术的，另一种是非虚构的，历史非虚构。"

西川问："你觉得它们主要区别在哪儿？"

"非虚构还是按照文学的笔法去写，可以写得好看一点。我在故宫是研究馆员，所以我的工作形态比较简单：一方面是查阅资料，对故宫博物院里面收藏的各种文献资料进行钩沉；另一方面就是写作，我觉得故宫的秘密、历史的秘密是永远探索不完的。我感觉每一本书在开始写作的时候都是一次全新的出发。"祝勇很认真地说道。

程永新问道:"祝勇,你怎么会想到写历史散文,因为跟你这个专业有关系?"

祝勇说:"我喜欢,而且我觉得历史当中很多真实的细节和事件不亚于虚构。比如说清朝皇帝道光,他是清朝最简朴的一个皇帝,省钱到什么份上,早餐都舍不得吃——"

程永新打趣道:"那不跟苏童、余华一样吗?"大家不由得一阵笑。

祝勇笑道:"讲一个细节,看像不像小说,特别是余华老师的小说细节。早餐,道光皇帝就掏出一些散碎银子给太监,让他到东华门外买两个烧饼回来。"

西川插话道:"道光皇帝老穿带补丁的衣服。"

"对,他的龙袍是带补丁的,这就像小说虚构的一样。所以,历史的真实非常神奇。"祝勇说道。

余华总结说:"这里边就是有这么一个问题:一个人的本性和环境的关系。一般很多人都会认为是环境改造人。从道光来看的话,他根本就没有被环境改造。"

"对,你说这样的细节写到散文里或者非虚构作品里,不是跟小说一样吗?它很有力量。"祝勇说,"所以我就特别着迷这些东西,感觉挖掘不尽。"

程永新说:"历史散文其实也形成了一个流派、一种传承。"

西川点头:"好像写历史散文的人有不少。"

祝勇说:"历史散文也需要与时俱进,我觉得也要有些现代性在里面。"

余华肯定道:"散文,一定要有另外的东西。"

程永新说:"我同意余华他们对散文的一些意见。中国当代的散文是一个很丰富的、很开放的文学种类:散文可以写故事,也可以不写故事,它可以记叙人,也可以记叙风景,也可以记录一种情绪,还可以记录一段历史,等等。它其实是非常宽阔的、丰富的,因为**散文灵魂是什么?散文的灵魂就是自由**。"

祝勇说:"文学界散文大师都在这个屋子里坐着,余华老师的散文写得好。"

"我写得不好,我不会写散文。"余华否定道。

苏童说:"不,余华的散文流传最广的就是他谈音乐的,因为他写音乐的文字比别人好看。别人谈音乐,它的传播能力反而是弱的,余华那个就使他变成一个专业人士。别人确实是把《音乐影响了我的写作》当散文随笔看的。"

祝勇有同感:"写音乐不好写,因为音乐不好找抓手。"

"我现在开始写美术了。真的,明年《收获》第1期。"余华对苏童说,"我觉得你的散文写得好。"

苏童笑道:"你不要这样,我用不着,我们不是'互吹',对不对?'吹'也要看时机,下次合适的时候你再'吹'我的散文。"

大家又笑。

余华说:"苏童的散文就是典型的'小说家写的散文',它文章里边讲一个事情、讲一个人物。他有篇散文[1],我印象非常深刻,就是写母亲在工厂工作,然后每天家人吃完晚饭以后要把菜的汤汁倒到饭盒里面,再加上米饭,第二天带到工厂去,把饭盒放到烧柴的灶上再热一下。这个是我们小时候经常见到的场景,所以它唤起的不是苏童个人的记忆,也唤起了我们整整一代人的记忆。"

祝勇说:"其实,苏童老师的小说和散文有时候界限也不是特别明显。"

"《桑园留念》《乘滑轮车远去》读上去确实都像散文,界限不明显。我自己也不觉得小说一定要怎么写、散文一定要怎么写。我只觉得,脑子那一团东西,要把它写出来。"苏童笑道,"当时有一个同事,他自己也写作,他说:'大家都说苏童写得有意思、很清新,什么清新,不就是用散文笔

---

1 《我从来不敢夸耀童年的幸福》,作者苏童,作为散文《过去随谈》的一部分,收录于随笔散文集《自行车之歌》。作品以优美至极的语言,描写了作者在苏州街头成长的童年时光,表达了对母亲的赞美、感激、疼惜之情。

语言,在我看来,是含混的、模糊的、容易误解的;而真正的音乐却能将千百种美好的事物灌注心田,胜过语言。

(余华《音乐影响了我的写作》选段)

法写小说吗?'我印象很深,哈——"

余华说起鲁迅的散文:"像鲁迅写的《从百草园到三味书屋》,生动。孩子那种天性,即使到了三味书屋,环境完全不一样,孩子的天性仍然没有被破坏掉,只不过到了三味书屋,天性换一种形式焕发出来。鲁迅散文写的是孩子的天性、人的天性。鲁迅还有一种散文,比如《五猖会》,就完全像小说了。**如果你要想了解鲁迅情绪的话,那么最好是去读《野草》;如果你要想了解鲁迅所想的话,那就去读他的杂文**。他的杂文太多了,比他的小说都要多,很难用一两篇概括。**鲁迅的杂文是跟人'吵架'的文章,他不是跟一个人'吵架',他在跟一个时代'吵架'——一个没落的、腐朽的时代。**"

"我觉得,鲁迅的弟弟周作人也是我们文学史上比较伟大的散文家、杂文家。"苏童说。

程永新道:"周家兄弟的写作新开了一条路。"

苏童说:"对,对于周作人,兆言是如数家珍。我自己读得比较少,但我确实觉得周作人的《苦雨》——'苦雨'两个字真蛮能传达他整个散文的调性。但他有的文章又特别纯情。我看过他写一个初恋,很少有的,就不像周作人写出来的——写跟那个女孩青梅竹马的一段,我怀疑是跟他有切身关系的,写得极其单纯、极其美好。"

"周作人散文干净、简练、没有雕饰。"祝勇说道。

苏童说:"周氏兄弟确实了不起。要说散文给我们文学史的贡献,周作人更甚。他因为比鲁迅小几岁,白话不像鲁迅还有那个时代的印记——演化的痕迹。"

我不曾和她谈过一句话，也不曾仔细地看过她的面貌与姿态。大约我在那时已经很是近视，但是还有一层缘故，虽然非意识地对于她很是感到亲近，一面却似乎为她的光辉所掩，开不起眼来去端详她了。

（周作人《初恋》选段）

文果载心 · 余心有寄

契约 🗒 突袭

余华的思维又在跳跃:"有没有看过马尔克斯的《神奇的加勒比》[1]？太牛了。我觉得比看他的小说还吸引人，很短，也就两三千字。他就写他几十年前到加勒比的一座小岛上，小岛是旅游地，有点像我们分界洲岛。

---

[1]《神奇的加勒比》，哥伦比亚作家加西亚·马尔克斯的散文，收录于杂文集《回到种子里去》。作品描绘了苏里南地区神秘且美丽的风土人情，用生动的文字将多变的人物与迷人的景色如画作般展现于读者眼前。

文果载心
余心有寄

他到了岛上,飞机在跑道降落。两边都是土,只有跑道是用水泥浇的,其他的都是泥地。周边像那种栅栏一样,人下了飞机就直接走出去了。出去以后是一条街道,街道上所有人都在卖当地的土特产。所有人抽雪茄都是倒着抽的,就是雪茄燃的那头往嘴巴里边塞,就这么抽雪茄。他很好奇,经过一个怀孕的女人的摊位时,就在她的摊位上买了一点东西,做了一个简单的交流,然后他就走了。啪,下一段,就是几十年以后了,当他再飞到这儿的时候,机场奢华,落地窗,里边是空调。出去以后,这条街更加

机场只有一条压平了的土跑道和一间用棕榈叶搭起来的小屋。小屋中间的柱子上安着一台只有在牛仔电影里才看得到的那种电话，上面有个摇柄，得使劲摇很多下才能接通。天气热得让人吃不消，静止的空气里全是灰尘，还有一种沉睡中的鳄鱼的气味，你要是从外地来，一闻见这个气味就知道是到了加勒比了。

文果载心
余心有寄

　　靠着电话杆有张椅子，上面坐着一位美丽、年轻又身材结实的黑人姑娘，头上缠了一条非洲一些国家的妇女常用的花花绿绿的头巾。她怀着孕，看样子快生了，静静地以一种我只在加勒比地区看见过的方法抽着雪茄：带火的那头叼在嘴里，烟从另外一头吐出来，活像是一艘船上的烟囱。这是整个机场里唯一一个大活人。

（马尔克斯《神奇的加勒比》选段）

繁华了,他又走到了原先那个摊位前,居然认出原来那个女的了。他就问:'你儿子还好吗?'然后那个女人说,不是儿子,是女儿。所以他就叫它《神奇的加勒比》。"

苏童赞叹:"你看这一笔就太帅了。"

祝勇说:"就是用小说笔法写散文。"

"读小说,一般读者总是对故事情节有期待。这句话虽然说起来文绉绉的,其实就是**作家跟读者之间是有一张看不见的契约的**。比如说一部小说,一个作家跟读者签的契约就包含着故事、情节等我对你在这方面的期望。之所以很多人不爱看新小说派[2],是因为觉得这是你们学院研究的,怎么没有故事?我不看,我拒绝,说到底就是因为违背了契约。**散文和随笔,大家都是出于阅读的需要,其实是一种情感按摩**。"苏童做了个手势,"情感按摩,情感上你给我来一点就行,对吧?来一点感动、来一点打动,像鲁迅的作品是他帮你思考,对吧?就是在一个点上,需求不一样,就是契约的内容不一样,那张看不见的契约的条款内容不一样,差别就在于此吧。"

祝勇说:"散文其实重感觉,是一种感觉的体验和交流,他把一个很小的感觉可以放得很大,不依赖于情节故事。"

余华道:"现在纯粹的散文就是描写一个风景,然后描写一种情绪,太单薄了。散文一定要承载另外的东西,比如说我写历史,我用散文的方式来写。或者像罗兰·巴特[3]这样——他有一个集子叫《埃菲尔铁塔》——是思想性的。《埃菲尔铁塔》让我唯一记住一句话,他说:'在巴黎唯一看不见铁塔的地方,只能在埃菲尔铁塔里边。'这是他哲学家式的表达。散文肯定是后面要有东西,历史也好,文化也好,或者是哲学性的思考也好,或者是有故事也好。"

---

2 新小说派,指西方后现代主义文学中的一个重要流派,旨在打破传统小说对时空结构和叙述顺序的限制,对世界进行纯客观的描绘,代表作品有《马尔特罗》《黄金果》《在迷宫中》等。

3 罗兰·巴特,法国作家、思想家、社会学家、社会评论家和文学评论家。

莫泊桑经常在埃菲尔铁塔的餐厅用午餐,然而他不喜欢铁塔,他常说:"这是在巴黎唯一看不见铁塔的地方。"说来,在巴黎,要想看不见铁塔,那就必须绞空心计;不论什么季节——透过朦胧天色、雾霭、云气、雨丝、阳光,不论您在什么地点,不论您与铁塔之间隔着什么房脊、穹顶和树影构成的景致,您总会看见铁塔……

(罗兰·巴特《埃菲尔铁塔》选段)

祝勇接着说道:"另外,写历史还不能陷到历史里面去,如果变成历史史料的堆积,那也不行。你必须得有一些现代性的思考在里面,一些自己的东西。"

余华说:"有一些理论文章,比如说像本雅明写普鲁斯特的一篇文章[4],有一万多字,其实你也可以把它当成散文看的。他在分析普鲁斯特为什么会有那么多的类似幻觉的感觉。本雅明的分析是,普鲁斯特由于有哮喘,所以晚上会呼吸困难。19世纪末的时候,哪有现在这么好的医疗条件,他会吃一种止咳药,这种药会让他经常产生一种幻觉。普鲁斯特的小说意象里边充满了幻觉,比如说他早晨醒来,阳光照进来的时候,会看到百叶窗上插满了羽毛。还有普鲁斯特特别自恋的一种感觉,因为他是贵族,睡在一个新的丝绸枕头上,就像睡在自己童年的脸庞上,清新、娇嫩,就是一堆这样的描写。我觉得本雅明的分析是有道理的,因为我看他的小说,也有过那种感觉的。那篇文章,我觉得完全不像一个文学评论家写的,完全像散文一样的。他等于是在猜测普鲁斯特是一个什么样的人,但它也是理论文章,你也可以把它作为散文读。"

---

4 《普鲁斯特的形象》,德国作家瓦尔特·本雅明的文学理论类文章,收录于《启迪:本雅明文选》。作者对普鲁斯特本人及作品风格做了深度解析,为读者展现了文学大师在文字背后的样子。

苏童挥了挥手，说道："对，本雅明自己也会写散文，《驼背小人》就是散文。"

祝勇道："法国的哲学家，他的哲学著作和散文是不分的。包括新浪潮电影的很多导演写的那些也是散文。我特别推荐咱们的读者阅读散文，**因为散文是作家跟世界的对话，阅读散文实际上也是阅读世界，或者是跟这个世界对话的一种直观的方式。有些散文不会直接地影响你，但是会扩大你的视野，会增强你对世界的思考**。比如冯骥才的关于历史文化的一些散文；比如张承志的散文，他对黄土大地的表述；包括史铁生，他赋予哲思冥想的这些散文[5]：他们也不是以故宫为题材的，也不是以历史为题材的，但是他们的散文观念，他们对散文宏观的这种把握、这种力量感，会对我的散文写作有影响。"

"最好的散文、最好的小说都给你一种突袭感。就是一次突袭，就是啪一下，我说'太帅了'，这时候就是突袭感。"苏童举例说，"因为我特别怕看忆母亲、忆父亲这类文字，但你又觉得需要。我印象最深的那次是看一个写回忆父亲的文章，他跟父亲关系一直不好，非常冷淡的关系。最后一笔写到，他在父亲去世大概一个月以后道就看到盥洗台上有一把剃须刀，他无意当中，'吧嗒'一下把剃须刀的盖子打开，他父亲的胡须渣儿掉了出来——"

余华说："这个太厉害了。"

苏童赞叹道："他说那是父亲的味道。太牛了，我说那种突袭感，你会一麻的，你知道吗？"

祝勇说："这个胡须太有冲击力了，它给人有一种生命延续的感觉。"

---

[5] 冯骥才以写知识分子的生活和天津近代历史故事见长，善于选取新颖的视角，用多变的艺术手法，细致深入地描写，开掘生活的底蕴，咀嚼人生的况味。张承志的创作有着浓郁的地域性特色，通过文学作品把北方的地域风貌和人文景观结合在一起进行描述，寄托了他对内蒙古草原、黄土高原以及生活在那里的民众的热爱。史铁生倾向于探索人生哲理，寓深远于朴素，寄激情于从容，含关怀于幽默，蓄智慧于认真，语言形象生动而又促人反省和思悟。

程永新道:"这个虚构不出来的。"

余华说:"我认为是他的真事。"

"真事,一定是真事。"苏童说道。

余华分析道:"震撼,它是有几方面的。一方面就刚才像苏童所说的,就是剃须刀有胡须渣子在里边,味道还留在那个里边,突然发现,哇,这是如此的真实。因为**所有的文学最终的目标就是为了真实,荒诞也好,写实也好,最终目标都是为了真实**。你无法找到一个好像更真实的东西了,你有这样一种感觉。还有一种,也是很真实,通过另外一种方式来表达。比如罗兰·巴特在写他母亲去世的那篇文章里边有一句话,也对我有一种突袭感,他说:'我失去的不是一个形象,是一个活生生的人。'这句话,你感觉他跟母亲的情感就融在里边了。**好的散文就是里边有几句话,突然给你带来一种冲击力。**

"比如像蒙田的散文,他喜欢讲各种各样的故事。他曾经讲过一个'宽恕'的故事:当年德国的康拉德皇帝率兵包围了巴伐利亚公爵的城堡,皇帝显然对巴伐利亚公爵是有深仇大恨的,所以他就下令不接受巴伐利亚公爵的所有投降条件。但是他有怜悯之心,允许女人和孩子们带走他们想带的任何东西离开。结果城门一打开,所有的女人都背着她们的丈夫出来了,最后康拉德为之感动,赦免了巴伐利亚公爵,让他们全部离开。这也是属于能够击中人的东西。"

"余华的《活着》的结尾是有突袭感的,但是我不宜再重复,那个是有突袭感的。"苏童笑道。

房琪说道:"各位老师,今晚我们就在海边办一场篝火诗会吧。待会儿我们出去采采风,看看有没有合适的地方怎么样?可以吗?"

"好啊——"

康拉德三世围攻巴伐利亚公爵盖尔夫，不顾对方如何卑躬屈膝迎合他，他赐予的最大的宽恕是允许那些同公爵一起受困城里的贵妇人徒步安全撤离，并随身带走她们能带走的一切东西。

　　她们深明大义，决定把丈夫、孩子和公爵本人都驮在背上。皇帝看到她们那么高尚、贤淑，高兴得喜极而泣，以前对公爵不共戴天的仇恨也就一笔勾销，今后和和气气对待他和他的家庭。

（蒙田《蒙田随笔》选段）

力量 🖋 诗意

  四辆自行车摆在书屋门口。程永新、苏童、余华、祝勇跨车结伴骑游。老式自行车、结伴骑行的快乐,立刻把他们带到往昔岁月中。海岛蜿蜒的路上,"飞鸽"与"凤凰"的铃声变成反复吟咏的诗行。

  西川则辞别众人,要往海南陵水黎族自治县访问陵河诗社。因为他在书屋里看到了陵河诗社出的小杂志以及诗人们自印的诗选集,心生好奇,决定去跟这些诗人碰一碰面,看看他们都写什么、读什么、关心什么。

这家诗社于 2016 年由民间自发创立，位于海南省陵水黎族自治县。诗社为热爱诗歌的人们提供了创作、朗诵与阅读交流的空间，主要成员来自当地机关单位、教师与自由职业者。

诗社的所在，既是陵水黎族自治县文艺创作交流中心，也是中国作协《诗刊》社陵水创作基地。

诗社成员学历、职业形形色色，有机关干部、教师、民谣音乐人，也有包工头，但他们都被诗歌召唤到了一起。

西川对玩音乐的社员林鸿迅他们说道："你们的民谣音乐跟现代艺术

许多年以后我仍然喜欢骑着自行车出门,我仍然喜欢打量年轻人的如同时装般新颖美丽的自行车。

有时我能从车流中发现一辆老"永久"或者"老凤凰",它们就像老人的写满沧桑的脸,让我想起一些行将失传的自行车的故事。

(苏童《自行车之歌》选段)

还有关系,我真是刮目相看。我在来的路上看到你们的诗选集,后边选的诗歌又是雪莱,又是兰波,又有徐志摩,又是浪漫主义,又是'五四运动',结果到这儿,我发现你们都是当代艺术家……"

诗社社员介绍道:"对,因为当时也考虑了我们有另外一部分读者是学生,所以我们就选了部分出名的诗作,但大部分的还是选我们会员的作品,当然也有一部分古体诗。"

西川又问他们:"当代诗歌都读谁?"

诗社成员们说起了柏桦、张枣、侯马、阿巴斯[1]、聂鲁达、罗伯特,还有日本俳句等。

西川说:"当代的诗人,如果要把1919年到1949年作为一个整体而言,30年代后期、40年代,有几个诗人写得还不错。我觉得艾青算是一个大诗人,只不过我们现在谈艾青少了,真正从一个专业的角度、从一个诗人的角度、从一个诗歌写作的角度看,艾青是一个重要的诗人。还有一位是冯至先生,冯至先生在1942年写的《十四行诗》,诗歌的高度和思想的高度都是令人敬仰的。还有一些大家耳熟能详的诗人,像郭沫若、戴望舒,他们都有写得不错的作品,像郭沫若有一首诗叫《夜步十里松原》,是他在日本的时候写的,从诗歌本身的角度看,背后的泛神论思想你能够感受得到。所以我喜欢他们写的不太有名的那些诗。"

有诗社社员说:"徐志摩的诗,觉得朗诵的时候很浪漫。记得在朗诵他的《再别康桥》时就感觉很享受,就好像自己真的到了康桥这个地方。"

"《再别康桥》,我并不是很喜欢。但是他有一首诗叫作《常州天宁寺闻礼忏声》,我特别喜欢那首诗,我觉得那首诗写得非常好。还有一首是写北京的胡同,那首诗写得也不错,很饱满。当然,《再别康桥》是他最有名的诗。"西川又谈起诗歌的朗诵,"朗读在我们这儿实际上被讨论得很少。我刚给香港浸会大学做了一门网课,我在网上有一个讲座,专门

---

[1] 阿巴斯·基亚罗斯塔米,伊朗导演、编剧、制片人、摄影,代表作有电影《樱桃的滋味》、诗集《随风而行》等。

在梦里,这一瞥间的显示,青天、白水、绿草、慈母温软的胸怀,是故乡吗?是故乡吗?

光明的翅羽,在无极中飞舞!

大圆觉底里流出的欢喜,在伟大的、庄严的、寂灭的、无疆的、和谐的静定中实现了!

颂美呀,涅槃!赞美呀,涅槃!

(徐志摩《常州天宁寺闻礼忏声》选段)

谈朗诵。朗诵是有特别多的内容的，我自己也做一点特别疯狂的朗诵。曾经有一次，我站在三层集装箱上，拿着个喇叭打鼓朗读，底下有上万人。我带着大家朗读屈原的《少司命》。因为我前头是唱摇滚的，我要是不这么干，那摇滚就彻底把我给吞了，就没意义了。"

"那个场子给他搞热了。"诗社社员说。

西川道："不是，只能这么干，被氛围所逼。现在的朗诵话题都指向一个我很反对的东西，就是用一种舞台腔来朗诵某一类特定的诗歌。朗诵各种各样，可以是大声的，也可以是小声的，可以是急促的，也可以是缓慢的，也可以是一个人安静地朗诵，也可以在噪声里朗诵。我曾经和几个诗人在北京一个大工地上朗诵，边上就是施工的声音，包括电锯锯钢条的声音、吊臂拖拽钢板的声音，所以我觉得朗诵有各种各样的可能性……"

随即，西川掏出自己的手机，给大家看了一段他参加德国国际诗歌节的诗朗诵视频。

"甚至有一点Rap（说唱）。现在还有一种国际上年轻人玩的朗诵，跟音乐有点像，但是一点音乐都不要，叫作Poetry Slam，就是现场诗歌[2]。现场诗歌是年轻人来了以后完全凭语言来发现里边的音乐性、律动性，它不借助音乐，但朗诵现场充满了音乐性，是语言本身的那种音乐性。我自己做朗诵也玩，比如有一次在成都的'白夜酒吧'，诗人翟永明那儿，我借着阿拉伯打击乐的鼓点朗读杜甫的《秋兴八首》，特有意思。你们玩打击乐吗？"

"有，玩的。"

"也玩打击乐吧。我是因为开车，所以有时候听这种音乐，也不光听，会跟着音乐背点古诗。后来我发现，诗歌能跟音乐走到一块儿。"西川打开手机音乐，开始随乐朗诵，"'玉露凋伤枫树林，巫山巫峡气萧森。江间波浪兼天涌，塞上风云接地阴。丛菊两开他日泪，孤舟一系故园心。寒

---

2 现场诗歌，一种诗歌表演形式，又称"自由诗歌朗诵"，指表演者在舞台上朗诵自己创作的作品，其作品风格不限，题材不限，形式不限。

衣处处催刀尺,白帝城高急暮砧……'这个朗诵就有趣了,它就好玩了,现场的那种氛围一下就出来了。"

诗社社员说:"这种音乐有一种力量感。"

西川说:"力量感,当然不是所有的诗都适合,得让它正好节奏吻合,走在一块儿,所以这个好玩。我是从岛上来的,咱们分界洲岛今天晚上要弄一个诗会,所以咱们就一块儿玩一下,好吧?咱们就去岛上吧,除了我们已经在岛上的这几个人,也应该把陵水县的那些年轻人一块儿请到岛上,一块儿在海边上做朗诵会……"

西川带着诗社的诗集,登上了返岛的客车,他深有感触:"诗社的社员有些意思,年龄有大有小,干什么的都有。他们的文学趣味、写作方向与阅读范围、生活密切相关。每一个人的写作跟生活都有关系。他们的生活,我倒是觉得很鲜活,又写东西,同时又有自己忙活的一摊事,这跟只坐在书斋里边的作家或者诗人还不太一样。

"我是个诗人,诗人当然就是写诗的人了。**把诗歌变成了生活,或者对诗人来说,生活就是诗歌**。别人会问我说诗人是什么样的。**如果你抓不住一个诗人的样子,那你就看看我**。人和人之间、人和世界之间、人和事物之间有各种各样的相遇的方式。这些有意味的东西,我不知道会不会变成诗,但是我相信一定是有诗意的。"

岛屿书屋
值班手记

"散文"这个概念其实是一个特别泛的概念，散文有一个相对的概念叫"韵文"，只要不押韵就全是散文，这是从广义上讲的。中国古代的文字实际上都多多少少有一些诗歌的特点，有几个人物的作品可以关注一下。一个是鲁迅，大家一想到鲁迅就想到他是小说家、思想家，但鲁迅有一本散文诗集叫《野草》，它对于现代诗歌的意义很大。鲁迅的散文诗实际上受到波德莱尔的影响。波德莱尔是法国现代主义的开山鼻祖，波德莱尔最有名的书：一个是他的诗集叫《恶之花》，这是我要求学生们读的现代诗歌里边的第一本，如果不读《恶之花》，等于跟现代文学没有关系；另一个是波德莱尔的散文诗集《巴黎的忧郁》。如果你读了《巴黎的忧郁》，再读读鲁迅的《野草》，会发现他们之间是有关系的。鲁迅跟当时的世界文学、世界上的思想甚至世界学术界的进展都有关系的，他是一个了解全世界文化动向的人。随笔作品：一个是法国的蒙田，《蒙田随笔》那是非常重要的文学作品，也是思想作品；还有一个英国的培根，培根的随笔也非常棒。散文这个东西，能够谈的太多了，你可以谈一段历史、谈一个观念、谈一种社会现象，也可以谈自己，因为每一个人的生活都是有限的，而散文是一个很重要的渠道，能够使你跨越这些看不见的边界，进入另外一个对话关系，这个对话关系对精神世界是非常重要的。

——西川

雨后初晴的岛屿,海水与远山似乎仍沉浸在对雨的回忆中,朦胧在淡蓝色的雾气中,就连阳光也略带羞涩,只在地上浅浅地描绘着树影。

我在岛屿读书

6/12
诗意地栖居

古月 ◐ 今人

  远远走来的诗人欧阳江河,身上洋溢着激情与诗情:"这就是分界洲的大海,看看啊,古代的海、古代的太阳、中国的天空、海南岛的天空。对面就是咱们苏东坡看过的大海,现在轮到我们来看了。苏东坡是1100年离开海南岛的,我们是2022年来的,近千年了……"

  友人相见,分外热情,欧阳江河一一与众人打过招呼:"文学界的这帮老友,我们老在微信上见,老在不同的个人出版的著作里面见。但是活人、

诗意地
栖居

本人相见还是不多的,所以我们今天见到的是余华本人、苏童本人、祝勇本人、西川本人,都是肉身的本人,你说,我能不兴奋吗?能不开心吗?"

"你放心,反正能说话的人来了。"余华打趣道。

"咱们国际写作中心的,除了莫言没来,西川一会儿来,咱们四个人今年第一次见面。"欧阳江河说,"前不久,我去青岛参加一个国际诗歌节之前,祝贺余华获托尔斯泰庄园的奖,太牛了。"

"行了,不要说了,换话题。"余华打量一眼欧阳江河的头发,"你化妆了是吗?"

欧阳江河答道:"不是,我下车之前,海风吹得我头发乱七八糟的,就喷了一点东西。第一次来这儿,我刚才走到半路上就感叹——我不知道儋州到底在海的哪一个方向。"

祝勇说:"儋州是在北面。"

"当年苏东坡跟我们一样看着这片大海。"欧阳江河说,"我们所面对的这片大海是被苏东坡凝视过的。从苏东坡来到这个岛上到现在近千年,我们看见的这片海、我们照过的月亮,都是和苏东坡共享过的,所以古人不见今时月,今月曾经照古人。李白的诗,写的不就是苏东坡和我们吗?苏东坡最牛的一点就是他一生有那么多坎坷、那么多磨难,但他作为一个诗人,他的达观和与世俗人生的平等、和解的态度,千古以来,可能苏东坡是唯一的一个人。这样一个人来到我们这儿,来到海南岛——当时的流放地,他带来的却是乐观的精神、好的书法、好的学问、好的教育,教当地人挖淡水井。海南岛第一口井是苏东坡挖的,海南的第一个进士、第一个举人都是苏东坡的弟子。从他之后,海南一共出了七百多个进士、将近一千个举人,所以他是一个导师。苏东坡真了不起。他离开这儿的时候是公元1100年,所有的人都去送他,他感动得都不想走。他认为儋州、整个海南岛是他的故乡。他有一首词写道:'问汝平生功业,黄州惠州儋州。'"

祝勇道:"还真不知道苏东坡来没来过陵水。"

欧阳江河说:"这个不一定,应该是没有。"

余华说:"但是这片海是被苏东坡的目光看过的。"

"对,被苏东坡和欧阳江河看过。"祝勇笑道,"这个分界洲岛就是陵水和万宁的分界线,现在我跟苏童就在陵水,你们俩就在万宁。"

"你先去把字写了吧,分界书屋。"

纸已裁好、打开,墨也研好,欧阳江河提笔蘸墨,挥笔而就"分界书屋"四字,墨色饱满,洒脱有力。

众人一齐鼓掌喝彩。

"听说西川已经开始写诗了,这就是诗歌的好处,随处随时写,无论

诗意地栖居

到哪里，我跟他老有微信往来。"

祝勇问："你们微信互相写诗吗？"

"我现在在微信上写诗是这样的，不直接写成熟的诗，但是写很多'前诗歌'。"欧阳江河说，"就是前文本，不是正式的，处于一种语言的半自动状态。原来我写在笔记本上，读书的时候、有灵感的时候。它不叫打草稿，它就是另一种语言状态的写作。"

"那你是留给自己还是发给别人？"祝勇问。

欧阳江河说："留在手机里的，唯一一次发给别人，就是发给西川。我们现在文学界的人相遇好多都是在这种书房，大家发布新书，或互相对谈。好多作家和诗人朋友就在这种场合聚会，像这个书屋这样的，要么就是喝茶。西川不喝茶，我有这样一个构想，写了一个东西，然后发给西川。"

苏童说："因为西川滴酒不沾，所以他认为所有的饭局都应该早点结束。"

欧阳江河的诗人思维跳跃一下，他盯着苏童说："余华一直说苏童有波斯血统。"

余华说："对，苏童有波斯血统。后来他女儿查了一下，说是哪儿？阿富汗，是吗？"

苏童端着茶杯，点头说道："尼泊尔。"

"有尼泊尔血统，他的长相完全不像苏州人。"余华打趣道。

欧阳江河说："苏童每活一天，就浪费自己的帅一天。"

"你把我的人生变得这么悲观、灰暗。"苏童笑道。

余华说："苏童不一样，苏童是一个乐观主义者：每天早上醒来，我昨天又帅过了。"

众人正在说笑，西川便风尘仆仆地出现在大海的背景里，手上拿着一摞子诗集，走进了书屋。

"我去了陵水县城，见了陵水县诗社的社员们，我还把他们给弄到岛上来了。这帮孩子挺有意思，晚上咱们弄一个诗会。"

余华看一眼程永新："我看程永新眼睛都睁不开了。"

程永新说："昨晚没睡好。"

余华对程永新道："走，我们去弄杯咖啡喝。"

西川招呼："弄完咖啡，咱们开朗诵会。"

朗诵会的地点在分界洲岛的"古堡"。

诗意地栖居

出发 ⌒ 抵达

  海边，山下，一座希腊风的小型露天剧场，石门石台，石雕石柱。海风阵阵，篝火熊熊，众人列坐，房琪主持。

  音乐诗会便在喝彩、击鼓声中开始了。

  西川登台："关于大海的诗，我写得少，写过一首，我就读《数次航行在大海上》的这段——"

诗意地
栖居

徐福的大海、郑和的大海、哥伦布的大海、索马里海盗的大海,是一样的大海。

苏轼所说的空濛的大海,他所惧怕的大海,他所跨越的琼州海峡,哦,失魂落魄的他。

谢安游海,不知他所乘船只的吨位。风来浪起。哦,稳坐的他。

李白欲学安期生东海骑长鲸,终于溺死于江水而不是海水。大海终始是他想象的对象。

秦始皇连弩射长鲸声如奔雷。凭噪声可知其帝国的强盛。

随后,西川又要来了鼓,边击鼓边朗诵自己新写的一首古体诗《分界洲岛读苏东坡新韵成篇》:

云连过岭急,霞赤知时灭。
浪举必荒岩,雨狂复昨夜。
半生南北诗,览空在分界。
瀛海喻苍茫,坡翁诚我也。

在众人的喝彩"怂恿"下,西川又朗诵了博尔赫斯的诗《雨》……

欧阳江河大声品评道:"西川在朗诵时候,已经对那种老老实实的朗诵毫无兴趣。他想把现代音乐,比如摇滚乡村,还有脱口秀等这些声音的

元素转化到诗歌朗诵里面,所以他是比较前卫的。"

苏童自告奋勇,第二个上台朗诵。

苏童道:"我写过一篇散文叫《给陌生人写信》,今天朗诵一下里头的片段。"

我一直相信这样的说法,所谓作家,就是那些给陌生人写信的人。陌生人地址不详,所以终其一生,一个作家要发出无数地址不详的信件。这些信件命运各异,大多数信件投入漫长的黑暗中,或者安放在图书馆灰尘蒙蒙的角落里,只有少数信件是幸运的,他们犹如流浪猫找到了动物保护组织,犹如蜡烛、手电筒、煤油灯,等到了全城停电的时刻,犹如灰姑娘遇到了王子,他们找到了最完美的收信人。

一位陌生人打开另一位陌生人的信件,并且怀着好奇之心读完信件,从此记住写信人的名字。这其实是一个值得纪念的时刻,作家与他的读者相遇了。

……

所谓作家,是一个写信人,也是一个聪明的叙述者,他们的一生都迷恋叙述,渴望叙述的胜利,并被叙述之难所困扰。**很多伟大的小说,其实是穿越困难的伟大的叙述,而伟大的叙述大多从狭窄出发抵达宽阔,从个人出发抵达社会,从时间出发抵达历史**,用巴尔扎克的话说,一个人的心灵史可以是一部民族的心灵史。这是一个写信者最好的愿望,同时他也是给收信人最大的惊喜。

掌声过后,苏童又朗诵了他的散文《雨和瓦》——

……

二十年前我住在一座简陋的南方民居中,我不满意于房屋格局与材料的乏味,对家的房屋充满了一种不屑。但是有一年夏天我爬上河对面

水泥厂的仓库屋顶，准备练习跳水的时候，我头一次注意到了我家屋顶上那一片片蓝黑色的小瓦，它们像鱼鳞那样整齐地排列着，显出一种出人意料的壮美。

对我来说那是一次奇特的记忆，奇特的还有那天的天气，一场暴雨突然就来临，我们几个练习跳水的男孩索性冒雨留在高高的仓库屋顶上，看着雨点急促地从天空中泻落，冲刷着对岸热腾腾的街道和房屋，冲刷着我们的身体。

……我注意到雨水与瓦的较量在一种高亢的节奏中进行，无法分辨谁是受害的一方。

肉眼看见的现实是雨洗涤了瓦上的尘土，因为那些陈年的旧瓦突然焕发出崭新的神采。在接受这场突如其来的雨水冲洗之后，它们开始闪闪发亮，而屋檐上的瓦楞草也重新恢复了植物应有的绿色。我第一次仔细观察雨水在屋顶上制造音乐的过程，并且有了一个新的发现：不是雨制造了音乐，是那些瓦对于雨水的反弹创造了音乐。

说起来多么奇怪，我从此认为雨的声音就是瓦的声音，这无疑是一种非常唯心的认识。这种认识与自然知识已经失去了关联,只是与某个记忆有关。记忆赋予人的只是记忆。我记得我二十年前的家,除了上面说到的雨中的屋顶,还有我们家洞开的窗户,远远地,我从窗内看见了母亲,她在家里,正伏在缝纫机上,赶制我和哥哥的衬衣。

现在我已不记得那件衬衣的去向了,我母亲也早已去世多年。但是二十年前的一场暴雨使我对雨水情有独钟。假如有铺满青瓦的屋顶,我不认为雨是恐怖的事物;假如你母亲曾经在雨声中为你缝制新衬衣,我不认为你会有一颗孤独的心。

这就是我对于雨的认识。这也是我对于瓦的认识。

欧阳江河评论道:"苏童的声音在日常生活中都很好听。他不是用声音在读一个已经写成文字的作品,而是阅读本身又是一次写作,声音文本是先于文字文本、非常优雅、很迷人的一种声音。"

白浪拍岸,乱石穿空,海风拂衣,飘然欲飞。遥想当年,苏东坡在海南,又是怎样一番光景?

祝勇开始了他《在故宫寻找苏东坡》的诵读——

> 刚到海南时,苏东坡经常站在海边,看海天茫茫,寂寥感油然而生,

不知自己什么时候才能离开这孤岛。后来一想，九州大地，这世界上所有的人不都在大海的包围中吗？苏东坡说，自己就像是小蚂蚁不慎跌入了一片水洼，以为落入大海，于是慌慌张张爬上草叶，心慌意乱，不知会漂向何方。苏东坡穿着薄薄的春衫，背着一只喝水的大瓢，在海南的田垄上放歌而行。途中一位老妇见到苏东坡，走过来说了一句话，让苏东坡一愣。她说，先生从前一定富贵，不过都是一场春梦罢了。他不知那老妇是什么人，就像那位老妇，不知道眼前这位白发老人曾经写过"明月几时有"和"大江东去"的豪迈诗句。

西川击鼓对祝勇道："苏东坡谢谢你。"

房琪报幕："下一位是江河老师。"

"我这首诗的题目叫作《法多》。"欧阳江河登台，解释道，"'法多'是葡萄牙语，在中文里面意思就是'命运'。"

> 大海回头已不是同一个转身，
> 也不是更为浩渺的舍身和碎身，
> 为此，谁将依恋大海掉头而去？

还是同一张椅子，但众人已经离席。
还是同一支歌，但换了别的嗓子。
还是同一副嗓子，但已经没了耳朵。
天听是谁在听？天问又是谁在问？
还是同一个日子，但换了前世今生。
今天是余生的第一日，
而你，该如何度过余生的第二日？

海上升起一轮明月，蓝天碧海之间，月光倾泻而下，在海面溅起一片雪白。海天之间一片空灵，似乎都能听到风吹月光的声音。

陵河诗社的朋友们也陆续赶到，为诗会增添了一抹亮丽。

"该谁了？"房琪问程永新，"程老师是不是还没表演？"

程永新慢声细语道："我不会朗诵，我念一段台词吧。"

苏童突然醒过神来，揭起程永新的"老底"："你话剧社的，你不会朗诵？我突然想起来，你在打马虎眼。"

程永新说："我不会朗诵诗歌，我念两段电影的台词。第一段是《瓦尔特保卫萨拉热窝》的台词。"

对。上校冯·迪特里希已经到达了萨拉热窝。

我记得波斯尼亚诗人，曾经说过，愿上帝保佑追击者，同时也保佑被追击者。

上校，我喜欢追击人而不喜欢被追击。

不不不，那只是个习惯问题。看，朋友，前面是什么？它的名字，这座城市，它叫瓦尔特。

第二段台词是《在平凡的岗位上》，剧情是大雪天来了个诗人，为了跟妇女献殷勤——

诗意地栖居 | 165

兴高采烈的小松树啊,
大雪染白了你的睫毛,
雪花像白蝴蝶一样地飞舞,
仿佛给你戴上了洁白的面纱。

房琪说道:"老师很像老电影的配音演员。"

程永新介绍说:"给迪特里希配音的是非常有名的配音演员,叫邱岳峰。"

欧阳江河道:"我刚才正在说程永新很像邱岳峰呢。"

余华说:"程永新的表现很出色,他有表演的功底。《瓦尔特保卫萨拉热窝》当年风靡中国,那个主演在20世纪80年代来过中国,不得了,那就像摇滚巨星一样,我觉得迈克尔·杰克逊来到中国也不过如此。主要是我们这一代人的记忆,就是《瓦尔特保卫萨拉热窝》。"

房琪请诗社的朋友们表演。诗社成员陈廷跃以富有磁性、近乎专业的声音,为大家朗诵一首钱利娜的诗作《小妹湖》——

为了证明永远的面积，
少年南喜，你用一座湖来发誓。
你每看一眼她，神就靠近你，
像擦一块玻璃一样擦拭着你，
阴影中的帝国，因此变得安详。
它多么宏大无边，但与你何干？
你只须看清她眼中的一滴水珠，
你终生追逐的幻影，若无深爱，便弹指可破。
当她梦到篱笆之外，
火焰就扑向雨水，木柴滋滋熄灭。
一小片灵魂的青烟就吟哦升起，
那呛得满眼泪花的人啊，
她不归属于任何一场火，
一座空有倒影的湖，她多么孤独。

陵河诗社张娜娜与大家分享的是自己在陵河诗社原创的一个作品《晨暮陵河边上我的思念》——

我曾在美丽的夜晚起床，
去看最美的早晨。
而最美的早晨便是你在我身边。
我们像是多年不见的老友，
在滔滔不绝地诉说往事。
可能那时我们还年少吧，
那时的你羞涩得不敢抬头看我，
那时的你没有像现在这样。
可是啊，都没关系啊，

姑且让时光先走,我们来追它。
你可别干枯了,你可别放弃呀,
我还要在每个清晨亲吻你。

接下来,诗社成员陈有龙抱着吉他上来,演唱了一首自己作词作曲的歌《再见旧时光》——

窗外的雨已退去,谁的脸颊又闪现在窗上,
忧愁来了又走,像你孤独的影子。
再见,我心爱的时光。
再见,我亲爱的旧时光。
但愿你是暮歌,
某个傍晚我把你唱起,把你忘记。
我把你唱起,把你忘记。

月光与篝火的影互相交错,如流水般洒在地上。木柴的火星飘散,像倏然开谢的花朵,明亮的夜空显得更加悠远。

房琪宣布:"诗会结束,圆满成功。"

西川颇为抒情地说道:"咱们在岛上的诗会,没有那么多的听众,听我们朗诵的除了这几个朋友,还有岩石、海浪。你实际上也把这些文字朗诵给那些岩石、朗诵给海浪、朗诵给海风听的,这声音跟风生长在一起,与室内朗诵感觉很不一样。"

欧阳江河很动情:"今天的朗诵会的背景——月亮、天空、海水、石头、篝火,都和万古相衔接。你看今天这个满月在海上留下它的痕迹。**今人不见古时月,今月曾经照古人,这不就是一个穿越吗?这不是现代性的一种时间观念,而是一个中国古老的、诗意的时间观。**就是苏东坡在我们身上活着、王勃在我们身上活着,祖咏、李白、杜甫在我们身上都活着,我们

是他们的一部分。**古人和今人都一样的，都活在月亮永恒的照耀之下，活在海水的深蓝之中，活在篝火的焚燃之中。肉身是要消失的**，但如果是最好的诗句，它是永远存在的，就像海水一样，阅读诗歌拥有永久的意义。"

苏童说："伟大的叙述大多从狭窄出发抵达宽阔，从个人出发抵达社会，从时间出发抵达历史。"

西川道："当你高兴的时候，你想让你的高兴能够有一个投射，那么这个时候，你可能不懂诗歌，但是也许话里会包含着诗意。或者你很难过的时候，你过不去的时候，哪怕叹一口气，其实这也是诗歌的状态。所以，诗歌实际是跟人人都有关系。如果你愿意读一点诗，背点唐诗宋词，那么你的生活、你的趣味、你的品位会为唐诗宋词所塑造。还有人愿意走得更深一点，你也读一些古人不那么经典的东西，你也进入一个更深入的对于古人的了解状态。也就是说，你的生活里边，除了现实生活中的朋友之外，你开始跟古人打交道了，古人那些影子也会成为你生活的一部分，你的生活就扩大了。除了现实朋友，你还有一些'影子哥们'。"

岛屿书屋
值班手记

如果大家愿意了解一点诗歌的话,有几个人物的作品关注一下。博尔赫斯,大家可以看看他的《诗人》,博尔赫斯在他的诗歌里说:"我成了一个计算音节的人。"博尔赫斯的作品当中有一种准确,这种准确,我甚至可以说是一种数学般的准确。当你描述一个人,把他写得活灵活现,这是一种准确。但是博尔赫斯的准确是面向虚构的,这个可了不得。然后博尔赫斯给你呈现的实际上是一个宇宙。那么中国现代诗真正写得好的是冯至。冯至在20世纪40年代写那些十四行诗,写得特别地棒。除了文字本身,还有一套关于生命、关于世界的沉思在里边。当然,还有一位重要的诗人就是艾青,我们一般知道他的"为什么我的眼里常含泪水?因为我对这土地爱得深沉",这是艾青的诗句。但是艾青实际上有更多的好诗。艾青是一个真正有艺术家风采的诗人。戴望舒早期的诗写得非常唯美,但是晚年的诗歌已经不是早年那种迷迷蒙蒙的写法了,他在国民党时期被抓到监狱里边,写了首诗,就是《我用我残存的手掌》,诗歌意象就是,一个受伤的手掌都是血迹,然后在墙上摸,好像摸遍了中国的地图,既是一往情深的,也是摆脱了伤感的一种抒情,特别好。

——西川

诗意地栖居

海风越刮越大,海浪扬波,如连绵的小山丘撞向堤岸,蓦然激起一片片白色浪花,变成一棵棵银光闪闪的树。椰林在风中翔舞,飒飒作响,又仿佛绿色波涛扬起,似乎随时都会展翅腾空而去。

我在岛屿读书

7/12
家园

自然 🌿 探索

"莫听穿林打叶声——这个树叶漏下来的风声太牛了,简直无敌的风声!"欧阳江河与祝勇行进其间,一脸陶醉。他们要到海对面的市场买食材,准备给大家做一顿美味的晚餐。

余华则与苏童结伴去海钓。据当地居民讲,钓鱼与风浪和潮汐都有关系,浪大时,大鱼也会随之出没。

先乘船,后换车,一路之上,欧阳江河讲着自己的感受:"人在海南

家园

岛对自然的感受，颇似中国先民对自然的想象。比如《山海经》¹，是汇集、塑造中国人对世界的感受和想象的最早著作，同时又是一个精神记录和塑造文本，极大影响了中国人对自然的态度，所以绵延至今。"

"《山海经》是一部集大成之作，现在都很难知道作者是谁，甚至连成书年代都很难判定，它记录了从远古流传下来的信息，比如说《精卫填海》

---

1 《山海经》，先秦古籍，成书于战国时期至汉代初期，包含关于上古地理、历史、神话、天文、动物、植物、医学以及人类学、民族学、海洋学和科技史等方面的内容，展示的是远古的文化，记录的是大荒时期人们的生活状况与思想活动，是一部上古社会生活的百科全书，与《易经》《黄帝内经》并称为"上古三大奇书"。

之类的神话传说,它一定是后代的追记,里面可能包含着诗人般的想象。"祝勇解释说,"所以对《山海经》有很多不同的解读角度,有神话学的角度,有古代文献的角度。"

欧阳江河道:"《山海经》有一个很有意思的现象,就是说,中国不像古希腊是一个海洋文明,中国更多的是'山的文明'。书里的'海',是'山海'之间的'海',更多的内容跟山有关,记载了山川、地理、动物、植物等方面的内容,但居然有这么高的文学性。我们可以拿着这本书去对照大自然,了解我们是谁、我们生活在哪里、我们的地理是怎样一种形态,从而唤起内心深处的故乡镜像。"

祝勇由《山海经》说到另一部奇作《海错图》:"《山海经》是一部传奇之书,它里面包罗万象,涉及天文、地理、神话、历史等各个方面。过去,我们更多地把它当成神话传说来看,但随着现代考古学的发展,越来越发现其中有很多科学的成分,那是我们先人对这个世界的真实记载。我相信,随着时间的推移,对《山海经》的破解会越来越多,咱们读者也可以用自己的方式去阅读和理解这部神秘的天书。除了《山海经》,其实还有一部好玩的著作,这就是我们故宫的《海错图》[2]。'海错'的'错',就是生物的意思。有一个画家叫聂璜,这个人特别有意思,他留下的绘画作品没别的,就是这个《海错图》。《海错图》总共四部,现在我们北京故宫保存着前三部,它总共是三百七十一章,画的全部是海洋生物。聂璜的有生之年,沿着中国海岸,从天津、河北一直走到浙江、福建,寻找大量跟海洋生物有关的文献,采访海边生活的百姓,去掌握这些海洋生物的形态、名称、习性等。"

欧阳江河问道:"它里面有没有怪模怪样的怪兽?"

"有很多,现在的科学家、海洋生物学家还在考证、在对号,因为它

---

2 《海错图》,作者聂璜,图鉴,成书于清朝康熙年间,共描绘了三百多种生物,是一部内容丰富、形式诱人、兼具科学性与艺术性的海洋生物图志,被称为颇具现代博物学风格的奇书。

疍家渔排

们当时的名字跟现在的名字不一样。作者有意地淡化了文人趣味，更多地强调科学性，就像拍照片一样。"祝勇道，"所以，《海错图》在整个中国传统文化系统当中非常独特。《海错图》是一组清代的册页，那时我们对大海还比较陌生，《海错图》的意义就在这个地方，它开辟了一个新的视野、一个新的领域，而且画上都有赞、有跋、有序，留下了很多文字，海洋生物不但有名字，还有习性记载，对于我们中国人认识海洋、认识海洋生物、拓展知识谱系，都是非常重要的。"

不知不觉间，两人便乘船来到了"疍家渔排"——美丽的疍家小渔村，只见海面上突然"长"出一个村庄。村庄以船为基石，船与船之间由铁架相连，房屋就搭在铁制架格之上，排列整齐，鳞次栉比，与远山相呼应，与海水相映照。

所谓"疍家人"，是对我国沿海地区水上渔民的统称，主要分布于福建、广东、广西和海南等省份，他们常年以舟楫为家，靠打鱼为生。传统疍家棚屋，基本以木头竹子为架，旧船板铺地。其依水而建的木屋四侧围合着规则排列的养殖网箱，俗称"渔排"。2018年，陵水黎族自治县新村镇疍家渔村凭借独特的风光和民俗文化被列入中国传统村落名录。

据开船的郭师傅介绍，因为逐渐地转产转业，很多人都回陆地上住了，目前约四百家住在海上，晚上营业到八点，渔村灯火辉煌，海光互映，很是漂亮，简直就是海上的"夜上海"。

"海上的'夜上海'。这太漂亮了，这比诗歌还要诗歌，每看一眼，都让人感动。感动本身已经是种写作，哪怕我一行诗也没写。"欧阳江河感慨道，"船在海上，屋在船上，像房子盖在大地上一样，人的生活则完全是现代性的，非常震撼。"

"选择这个地方生活，居民们一定是勘察过地理环境的，这里是天然的避风港，右手边是山——南湾猴岛，可以抵挡飓风。"祝勇介绍说，"疍家挺有意思，我以前了解过，这个疍家在战国时期南越族里面就有，一直到清朝乾隆时期以后，他们不断南下，到了海南，一直到三亚。"

欧阳江河问："他们从哪里南下的？"

祝勇说："百越[3]。百越族大概就是在江浙一带。中国很多民族在随着历史的变迁不断南下，包括客家也是，不断漂泊，越漂越远，一直漂到了天涯海角，挺神奇。疍家人的迁徙当然跟历史有关。在战乱中，从北方不断地向南迁徙，最后他们就漂浮在水上，在水上建立了家园，建立了一种自给自足的生活方式，这是历史的真实再现。所以我觉得他们这样古老的生活方式还是应当保存的。**人类的文明有它的多元性，中华文明也是多元融合的文明，人类社会的发展要保护这种多元性**，就跟《海错图》里面那些五光十色的海洋生物是一样的，'万类霜天竞自由'就在它们的生活当中体现得非常明显。"

进入渔村之后，欧阳江河和祝勇参观了海上的养殖户，看到了三百斤重的石斑鱼，见识了西沙、南沙的特色刺鲀，了解了美味漂亮的黄鲀……

郭师傅指着黄鲀说："黄鲀，很多人拿来生吃。刺鲀鱼粥，是海南省陵水县的传统名菜，用新鲜大米和刺鲀鱼熬制而成，气味香浓，味道鲜美，

---

3 百越，先秦古籍对南方沿海一带诸族的泛称，又称百粤。据《汉书·地理志》记载，其分布区域主要包括现今的江苏、上海、浙江、福建、广东、海南、广西及越南北部。

营养丰富,被誉为'天下第一粥'。"

祝勇道:"苏东坡冒死吃过河豚,人家问过苏东坡是不是很好吃。苏东坡回答四个字——值得一'死'。"

在两人用餐时,话题一直没离过苏东坡。

"苏东坡到海南以后,没有猪肉吃,他就吃生蚝。"祝勇指着桌上的海胆道,"这些都是清水煮熟的,没有任何作料。我现在明白苏东坡到海南来为什么找不到醋、酱这些作料了,因为当地海南人根本就不用作料。"

欧阳江河说:"做菜也有想象力在里面,这跟写诗一样。'东坡肉'可以说是一个巨大的发明了,对后来我们中国美食的影响巨大。"

"东坡肉并不是横空出世的,实际上苏东坡也总结了前人的经验。那个时候又没有视频,又没有录音,口口相传,所以他增加了很多自己的试验在里面,最后把它完善,当然也有一定的个人的创造性在里面。"祝勇说道。

欧阳江河认可:"对,他是慢慢摸索出来的,什么时候该是大火、什么时候是文火、哪一个食材在什么火候放进去是有考究的,所以东坡肉有很微妙的地方,这个跟苏东坡写文章是有关系的。苏东坡写文章说'行于所当行''止于不可不止',全是自然的。他来到这里,研究美食,更培养人才,又找到了事干,还找到了生活的目标……今天咱们疍家渔排的经历也可以说是一种探险未知,这种新鲜感可以带来创作灵感。"

祝勇与欧阳江河参观疍家鱼排时,苏童和余华专心钓着鱼,忙活半天,苏童只钓到一条"傻瓜鱼",余华则一无所获,用苏童的话讲,"钓了很多海水上来"。

苏童笑道:"估计我们会像圣地亚哥的那几十天一样,每天都要空手而归。"

余华应道:"你别说,我们真变成圣地亚哥了。"

苏童说:"这种垂钓生活,我想到的第一个倒不是什么跟海洋有关系的人,我想到《瓦尔登湖》[4],很多人都读过。梭罗有两年住在瓦尔登湖,他不是度假,是基于他的一个理念,他最有名的一句话——为了一杯朗姆酒出卖自然。事实上当时的美国社会已经不是为了一杯朗姆酒出卖自然,是为了几万吨朗姆酒在改造自然。他与湖旁村庄的农民相处。瓦尔登湖冬天是结冰的,他写瓦尔登湖如何解冻,还写他跟农民如何在一起耕种、如何观察瓦尔登湖旁边的树林等。他对湖的态度,和如今提倡的人与自然的相处方式是一致的,他所传达的其实是如今时尚的环保理念,他是一个最早无意识切入的环保分子,当然那本书也不会落伍。因为我觉得这是比较早的文本——关于一个人观察自然、融入自然的文本。"

---

4 《瓦尔登湖》,美国作家亨利·戴维·梭罗的散文集,记录了作者独居在瓦尔登湖畔两年多时间里的所见、所闻和所思,内容丰富,意义深远,给人以美好的退想和深沉的思考。

我离开丛林的原因一如进入其中那样合理，或许，我应该还有多种生活可以选择，不必腾出更多的时间去过本书描述的这种生活。让人吃惊的是，人们会在不经意间轻易地习惯于某种特有的路径，并最终成为自己的程式。

(梭罗《瓦尔登湖》选段)

美味 🏠 故乡

　　风平浪静的海边,夜幕冉冉落下,红烧排骨的热气与香味四下飘散。欧阳江河用写诗的手笔烹调着美味,又用吟诵的腔调欢迎着一个个老友。

　　西川感慨:"这香味起来了,江河就靠做饭赢得了天下的朋友,他在德国一个叫 solitude 的地方献过厨艺,是不是?"

　　欧阳江河道:"solitude,孤独堡。好多人,世界各国的作家都吃过我的菜。他们印象极其深刻——我们在海岛上,一群老朋友,我做麻婆豆腐和红烧

家园

排骨，因为这代表了乡愁。"

菜肴上桌，品尝之后，个个赞不绝口。祝勇更称欧阳江河是一个被写诗耽误了的厨师。

欧阳江河道："每个人的家乡都做排骨，我们轮着来说各自家乡的排骨菜有什么特征。"

苏童说："我们江苏的糖醋排骨有两种，一种是家常的，还有一种叫酱排骨。必须说苏州人的食物确实精细，我觉得已经到了精益求精、吹毛求疵的程度，好多东西是你出了苏州就找不到了。"

西川与祝勇都提到了苏州作家陆文夫[1]写的《美食家》。

苏童说："陆文夫是一个很奇怪的现象，人人以为他是个好吃、善吃、会做的人，其实他不行的，不喜欢吃，会写——你们喝过那个腌笃鲜吗？腌笃鲜，你们有印象吧？到了上海，席上端上来，北方人会觉得莫名其妙。"

见大家有些不解，苏童解释说："它其实也是一道江南家常菜，但是是时令菜，需要用到春笋和咸肉。一般来说从3月开始，这时候家家户户的咸肉都是去年冬天过春节的时候腌好的，正好可以吃。咸肉、春笋加一点鲜肉，有的人家会用猪蹄，讲究的人家还会放莴笋和一种豆制品——百叶结。只能放这几种东西，量还不能多，别的东西放进去都不好吃。作为家庭菜，那是很热闹的，炖在一个砂锅里。我们小时候都是用大砂锅，一家人吃。"

余华问苏童："你会做吗？"

"那个我应该会做，不太确定。"苏童笑道，"要说我真正从小吃到大并且永远不会厌的就是这两道菜。"

欧阳江河点评："你的乡愁，你的童年记忆。美食，永远是一个大男孩的记忆锁扣。"

余华回忆道："我刚开始写作的时候是在海盐，离开海盐以后到了北京，我写作的内容依然是海盐。我小说里写的胜利饭店就是桥边上的胜利饭店，那里边的菜基本上都是我们小的时候吃过的，尤其是馄饨。我们小时候还有一种方糕，是用糯米做的，白白的，咸咸的，上面有一小块猪肉。当年的猪肉比现在的猪肉鲜美，所以那一小块觉得特别好吃，那种味道渗入我的血液里了。"

欧阳江河道："我们聊那么多，故乡和食物这个关系是密不可分的，食物和文学的关系在一些经典的乡土文学作品中是最能看出来的。"

余华赞同："对，乡土文学好像是从现代文学开始的。"

---

1 陆文夫，当代作家，代表作《小贩世家》《美食家》等。

许三观走过胜利饭店时,闻到了里面炒猪肝的气息,从饭店厨房敞开的窗户里飘出来,和油烟一起来到。

(余华《许三观卖血记》选段)

"绝对是从鲁迅开始的。"苏童说道,"顾名思义,乡土文学写的就是乡村、土地、农民。我们最早接触到的乡土里的人就是闰土。"

西川道:"在这个意义上讲,鲁迅虽然在中国,但他在当时来讲又是一个世界化的知识分子。在鲁迅那个时代,中国面临着要向现代性转型,要获得现代性,在这样一个过程当中,鲁迅内心在挣扎,他不能平静地面对一个故乡。**当他写到故乡的时候,有一种伤感,故乡的人物实际上背后有着一个大时代的变迁。这个时代的变迁,是要把旧的东西像风一样给你带走。鲁迅那一代的作家是要改造中国的,这是了不起的一代人。**"

苏童说:"**鲁迅的作品是一面镜子,它照见了我们民族的面孔,它对于我们文学史的意义、对于中国人的意义超越了文本的影响,它影响了一代人的精神和自省能力。**"

祝勇道:"其实中国的怀旧,我觉得大概可以分成两种。就拿鲁迅跟沈从文来做比较,他们都是怀念他们的少年时代、青春时代,但他们两个人对于自己的青春和少年的认定是不一样的。鲁迅他是站在过来人,以现代知识分子的眼光回看乡土,他是批判的、要进步的、必须与时俱进的。沈从文则是从湘西走向大城市,变成了一个现代知识分子,他在回看乡土的时候,他认为乡土是先进的,乡土的人性是优美的。"

苏童说:"所以我记得萧红的《呼兰河传》[2],记得萧军的《八月的乡村》[3]。而所谓的乡土文学最早的实践者其实都生活在城市,很奇怪,他们不写大都市的生活,写的都是童年、少年时代长期生活的乡村那片土地。当然,南方一带比如沙汀、艾芜,尤其是沙汀,你也能明显体会到一种西南的乡村感。"

西川也对萧红、萧军的作品评论道:"各种历史因素、各种时代因素,

---

2 《呼兰河传》,萧红的长篇小说。作者以自己童年的经历为线索,描绘了呼兰河城动人的风土人情,为家乡的小城完成了一部壮烈的传记。

3 《八月的乡村》,萧军的长篇小说,描写了在抗日战争时期东北军民联合抗敌的英雄往事。作者通过描写主人公们顽强的生命力和坚强的精神力,歌颂了中国人民坚韧不拔的生命意志,用激昂的文字给读者以生的希望。

比如说抗战来了以后,说到东北的时候,你很难讲那是一个简单的怀旧的东西。还有批判,对自己文化的反省,这个是非常了不起的。"

欧阳江河插话道:"还有李劼人。"

"对,李劼人的《大波》和《死水微澜》是写川渝地区的。"苏童比画着说道,"我觉得再捋就要到赵树理、孙犁了。赵树理跟汪曾祺是一样的,赵树理以前的作品洋里洋气的,是仿欧洲现代派的一个作家。"

余华说道:"汪曾祺也一样,你看过他的《复仇》吗?完全是一部现代主义的短篇小说。《复仇》是汪曾祺的一部相对较长的、文字密密麻麻的作品,他写了好多心理感觉,又有一种意识流的感觉。但《复仇》的语言不是多余的,因为它的写法不一样,显然是受到现代主义影响的作品,这和汪曾祺后来20世纪80年代重回文坛写的《受戒》《大淖记事》完全不一样。重新回来的汪曾祺的语言是极其简洁的,干干净净的。"

家园 ⌂ 乡愁

晴夜中的海岛静如停泊的古船，远山如长桅，椰林似落帆；灯光照耀下的海水，近处浅蓝，远处墨绿。轻风时有时无，拂着茶香。

欧阳江河道："文学中的故乡是不是有一个变异形式？比如说像苏东坡，他出生在四川眉州，但现在我们如果能把他跟四川、跟眉州联系起来的反而是东坡肉。他的写作跟眉州几乎没什么关系，跟京城也没什么关系。"

苏童说："他的写作就是跟他的漂泊有关系。"

"更多的还是黄州。他自己说黄州、惠州、儋州——儋州就是这里，

家园

所以他的写作是跟这几个地方有关系的。"欧阳江河说,"他有一首词写道:'问汝平生功业,黄州惠州儋州。'黄州是他第一个发配的地方,他的《黄州寒食帖》是天下行书的第三帖。行书的三大帖,一个是王羲之的《兰亭集序》,一个是颜真卿的《祭侄文稿》,再一个就是《黄州寒食帖》。他还在黄州写了《前赤壁赋》,中间在惠州岭南待了一下。在岭南的时候他也非常达观。他说'日啖荔枝三百颗,不辞长作岭南人',每天吃三百颗荔枝,我肯定永远不愿意离开这里了,叫作'报道先生春睡美'。因为这句诗,他被他的政敌发配到更蛮荒的地方。比惠州更蛮荒的地方是哪里呢?儋州。那个时候,海南儋州是未开化的地方,根本没有学问,

自题金山画像

苏轼

心似已灰之木,身如不系之舟。

问汝平生功业,黄州惠州儋州。

纵笔

苏轼

白头萧散满霜风,小阁藤床寄病容。
报道先生春睡美,道人轻打五更钟。

根本没有教育，连喝的淡水都没有。结果苏东坡活得津津有味。他走的时候，所有的人送他，他感动得不想走，他认为儋州是他的故乡。还有李白，到现在为止，李白的故乡到底在哪里？世人都不清楚。"

祝勇说："碎叶城吧，现在吉尔吉斯斯坦托克马克城附近。"

西川反驳说："但是李白诗里边自己说'仍怜故乡水，万里送行舟'，这又是指蜀地。"

祝勇问："那你说这故乡水是哪儿的水？"

西川说："不知道呀，李白反正一会儿认这里是故乡，一会儿认那里是故乡。"

苏童道：**"有酒便是家，有水便是故乡。"**

余华说："李白不靠谱，杜甫比较靠谱。"

祝勇解释道："为什么说在故乡这个层面上古代文人跟现代文学传统有这么大的区别？是因为作家的身份不一样。古代中国作家基本上都是官员，他必须到异地去当官，所以就是仕宦生涯，每个人的仕宦生涯都是云游四方的。"

西川说："官员他们走到不同的地方，但是最终更多的人当然还是愿意回到故乡。贺知章最终不还是要回去，对吧？"

苏童说："少小离家老大回。"

西川继续阐释自己的观点："杜甫跑了那么多地方，但是杜甫的诗里经常会表达出一个想法，这个想法叫作'贤者嘲客死'，就是贤人觉得你这样死是不对的，就是你不能客死。"

苏童道："客死他乡是非常悲惨的。"

西川说："非常悲惨。'贤者嘲客死'其实是我总结出来的，但在杜甫的诗里边你会经常读到。杜甫很多诗是他在安史之乱的颠沛流离中写的，先在甘肃，然后到了成都、湖北，他都是在路途上写的。但他的诗里经常会有一个回望，这个回望并不是望他的出生地，回望他的故乡，而是回望长安。长安代表了当时的朝廷，代表一种体制、一种政治理想。如果在另

杜甫像　　　　　　　苏东坡像

外一个层面上来谈故乡，实际上是谈人生归宿。**一个人所选择的归宿并不一定是他出生的地方，也有可能是后来他又发现了一个地方，并赋予它精神家园的含义，然后就死守着这个'故乡'。**能够看出来，每个人对于家乡这个概念的理解是有差异的。"

祝勇看向余华和苏童："我挺羡慕余华老师和苏童老师，他们的故乡没变。"

余华理了理头发，道："还是有点变化，原来苏童的小说里还有点苏州话，现在是有点南京话了。"

苏童略带诧异地问余华："你真的觉得我小说里头有苏州腔吗？"

"你苏州腔很重。"余华说，"苏州不是腔，是味道。"

苏童说："我小说都用书面语，不用方言的。"

余华斩钉截铁道："但那个感觉在里面。苏童的小说，你上来读第一段，就是典型的江南味道。苏童无论是长篇还是短篇，他只要一写出来，你马上就能够感觉到，虽然他用的是一种标准的汉语，和我一样。我觉得我

家园 | 193

的文字味道相对来说，可能要读得更多一点才能够体会到，但苏童的基本上前面两三段就已经告诉你了。"

西川道："但是'乡土文学'这个说法，我想，是不是全世界只有中国有？"

余华道："其他国家没有。"

欧阳江河说："美国应该是有的。"

苏童说："美国那个叫南方文学[1]、西部文学。"

"威廉·福克纳[2]就是南方文学。"余华说道。

苏童补充道："还有奥康纳，他是比较典型的。"

"美国有一种文学，我知道他们文学界有一种叫'地方主义'——就是我只写这一个小地方，像弗罗斯特那是典型的地方主义的诗歌。"西川道，"米沃什曾经说过，弗罗斯特的地方主义是装出来的，说他为了成为一个伟大的作家，伪装成一个地方主义者。我觉得这个说法有意思。其实这有一些文学的秘密在里边。'伪装'这个词，一听你会觉得是个负面的词，其实也不算负面，他看到了地方主义的好处，那么他就开始朝着这个方向努力。罗伯特·弗罗斯特的诗，一辈子主要写美国的新英格兰地区，实际上弗罗斯特不是那儿的人，他是另外一个地方的人，但他就瞄准了新英格兰地区的景物和人的生活。所以弗罗斯特发展出一种东西叫作地方主义，他最有名的一首诗是《雪夜林畔小驻》，最后它有两行英文叫作 And miles to go before I sleep，然后又重复一遍 And miles to go before I sleep。第一行，你读的时候，感觉就是睡觉之前我还得再跑几英里，我才能到家，才能睡觉。但是第二行你再重复的时候，你会发现它实际上有更深的含义——我还要再奋斗一些年，直到我死去。这就是他写的新英格兰地区的生命体验。本来，乡土里边包含了一种怀旧，但是中国的怀旧和世界其他地方的怀旧还

1　美国南方文学，美国文学流派的一种，指美国南北战争后出现在南方的一种严肃而带有悲剧性的文学，其内容往往以南方的历史发展和文化环境为背景。

2　威廉·福克纳，美国作家，1949年诺贝尔文学奖获得者，代表作《喧哗与骚动》《我弥留之际》等。

不太一样。比如说浪漫主义里边有一个非常重要的东西，就是对过去的怀念。但是在中国的乡土文学里边，这种东西好像一两句话又说不清楚，更复杂一些。等于世界文学当中有一个 Nostalgia，那个就是'乡愁'，但是在中国，已经完全是另外一种东西了。Nostalgia 这个词，实际上它更准确的含义是怀旧，但怀旧里边包含的因素就多了，他的故乡、他小时候生活的小镇、他小时候青梅竹马的朋友，这些东西跟他后来的生活中所产生的感伤是有关系的，没有感伤就没有怀旧。所以，'乡愁'是一个跟时间有着更多关联的观念，但既然是'故乡'，当然跟空间也有一定的联系。"

欧阳江河道："中国有很多非常经典的乡土文学作品都被改编成了堪称经典的影视作品，比如沈从文的《边城》、陈忠实的《白鹿原》，还有阿来的《尘埃落定》等，都是堪称经典的作品。"

岛屿书屋
值班手记

乡土的记忆、故乡的记忆,在不同的作家笔下有不同的呈现。比如说格非的《江南》三部曲,他把历史的变迁——从革命到改革开放的历史进程整个儿写进去了,大开大合的内容与江南文人的隐忍、忧郁语调结合在一起,写得非常有意思。另外我推荐阿来的《尘埃落定》,写的是一种人的命运变迁、大历史和小历史的相遇和碰撞,既可以让人们获得文学享受,还有历史场景的追溯和还原,又有一种文学追问,带给你问题意识。还有一本莫言的《晚熟的人》,尽管都是小短篇,但里面充满了生活的智慧,一种中国古老文人的传统与世界性、全球性相融合的智慧。他用细腻的情感、激烈的笔触绘制出了自己的家园。<u>不论我们走到哪里,写作深处被照耀过、疼痛过、感恩过的家园,依然是我们写作出发的地方。</u>

——欧阳江河

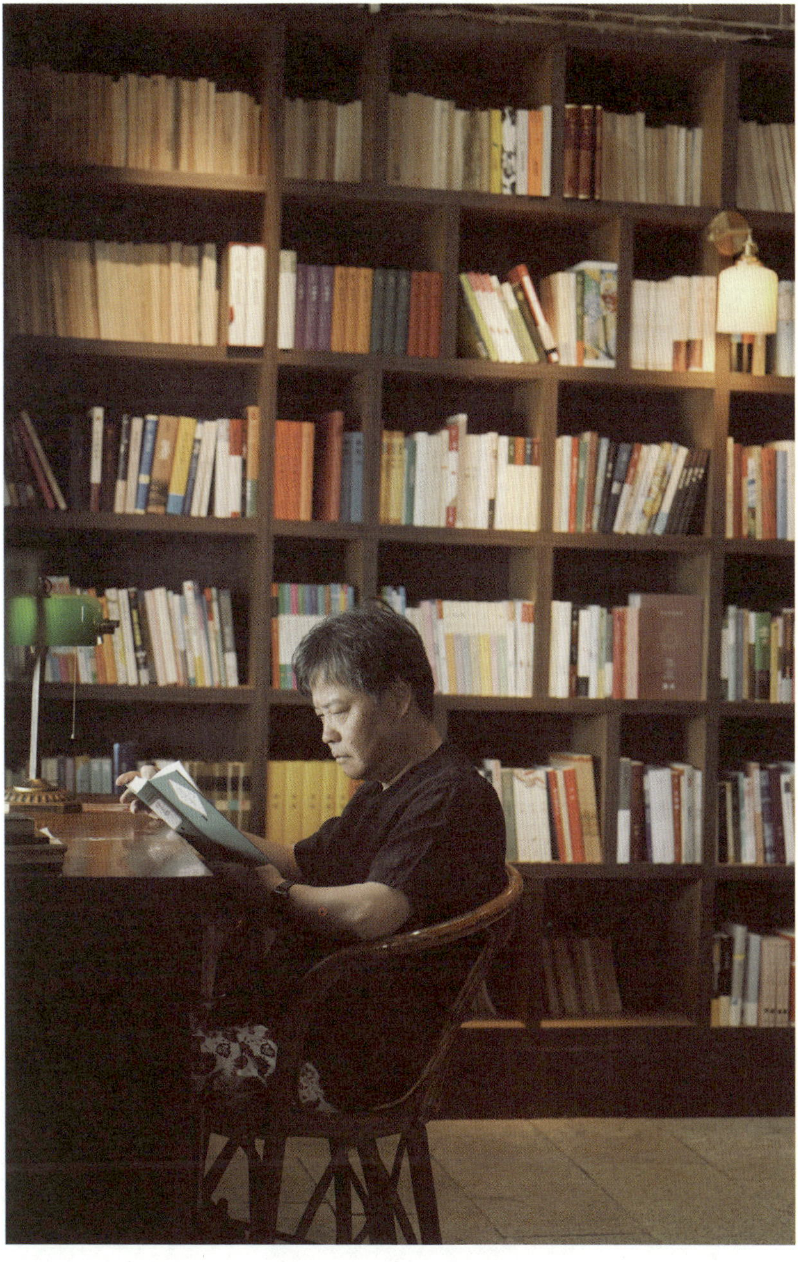

云淡风轻的日子，岛上书屋前传来孩子们的欢声笑语，清澈欢快的声音如山泉飞溅，洋溢在椰林之中。

我在
岛屿
读书

8/12
成长的压舱石

黄蓓佳：我是一个儿童文学作家，也是一个成人文学作家。在五十岁之后，我朝儿童文学写作迈了一大步。在很多作家身上，这两种状态难以兼容，而在我身上，这两种状态很奇妙地融合在一起。是不是我的身体里边同时住着一个成年人和一个孩子呢？我觉得这蛮有趣。给孩子写作，是一件非常纯美的事情，每次写完一部新的儿童文学作品，我觉得自己的心里就特别干净、特别透明，就像被水洗过的那种感觉。在写儿童文学作品的时候，我就仿佛回到了童年时代，又重新过了一遍我的童年。所以有很多读者看到我会说，黄老师，你看起来还比较年轻，不像一个快七十岁的人了。我总是回答他们：因为我是给孩子写作的。

成长的压舱石

成长 & 恐惧

当陵水黎族自治县的几位小朋友得知作家黄蓓佳要来岛上时,便通过老师联系上了她,一同来到了分界书屋。

"各种各样的书都有,大家可以自己找,看看自己喜欢什么。"房琪热情招待着小朋友,同时也向黄老师表达了自己的敬意,"我在小时候读过《今天我是升旗手》,您真是陪伴了一代又一代人成长。"

"《今天我是升旗手》《我要做好孩子》这两本书都是特别适合小孩

子读的，因为它们非常欢快，故事性很强，而且写的是当代少年的故事，没有阅读门槛。"

《我要做好孩子》的主人公金铃是一个胖胖的可爱女孩，她算不上优秀，却很有上进心，很得小读者的共鸣。但这本书的最后一章是开放性结局，需要小读者去想象。

黄蓓佳说："有很多孩子看完这本书会问我：金铃最后有没有考上她最心仪的学校？我故意不把结局说出来，让你们自己去猜测或者想象：你觉得她应该考上，那她就考得上；你觉得用不着考上，那她就不用上。因为一切就在于过程,她努力过,奋斗过,那就行了,对吧?**不是所有的梦想都能实现,但梦想非常可贵**。在给孩子写作的时候,相对于写作成人文学,要特别严谨,要费很多心思,有点像在刀尖上跳舞的那种感觉。"

小朋友谈起阅读《我要做好孩子》的感受:"感觉金铃在面对学习和压力方面很像我们的亲身经历。"

黄蓓佳说:"对,所以才有那么多的孩子都喜欢这本书,因为这本书还原了生活,每个小孩子都觉得写的是他自己,因为主人公不特别出色,没有高智商,也不是小天才,平平常常。所以有一个小孩给我写信,问:'黄老师,你是不是一个侦探?是不是我每天上学的时候,你都跟在我后面,要不然你怎么知道我的事情?'……也有一个六年级的孩子给我写信,说这本书把他看哭了,他觉得金铃成长太不容易了,是吧?"

"家长、老师是希望我们有好的成绩、好的未来。"小朋友说,"感觉自己压力山大。"

黄蓓佳点点头:"我完全能够感受,因为我们小时候其实也是这么过来的。每次跟孩子在一起的时候,你能看到孩子们跟大人是不一样的,他们对一个作家、一个作品表达喜爱的时候,不会矜持,会全身心地告诉你。我觉得,我在他们的成长过程当中,是可以占有一席之地的。我用自己的作品给了他们很多的思想、很多的社会经验、很多对于未来的憧憬和向往,以及实现这些愿望的途径,这也是我觉得作为儿童文学作家的一种成就。"

在与孩子们谈论《野蜂飞舞》时,黄蓓佳深有感慨:"这是个历史作品,写了抗战期间一个知识分子家庭曲折命运的故事。故事悲壮、沉重,但文笔幽默、明快。如果你们读出了眼泪,说明这本书还是写得很值。当年,我们中国这些年轻的学子,那么优秀的生命,为了抗战,前仆后继地走向牺牲,非常值得铭记,这是一段千万不能忘记的历史:大战争爆发,为了保存我们中华民族的传统和优秀人才,大规模迁徙,把交战区的人迁徙到后方,让他们有一张书桌,让他们学习、成才,这种事情真的在全世界都没有过。这是《野蜂飞舞》的故事。希望孩子们读到这个故事,起码

成长的压舱石

能够了解那个时代,知道文明是怎样传承的,知晓一些知识分子对抗战的贡献……在写儿童文学作品的同时,我自己就仿佛回到了童年时代,对这个世界永远保持一种天真和好奇,这也是我写儿童文学的一个原因。"

有小朋友好奇地问道:"黄老师,您以前上小学的时候,作文写得好吗?"

黄蓓佳笑了:"上小学的时候我的作文算是中等偏上吧,成绩不是特别优秀。因为我上学比一般孩子早了一年,所以,我那时候我觉得我还没有完全地开窍。"

"黄老师,那您小时候挨过打吗?"小朋友们再问。

黄蓓佳笑道:"挨过。"

"挨过谁的打?"

黄蓓佳答:"挨过父母的,你们现在是不可能挨打了。"

又一小朋友问:"黄老师,我想问一下,《野蜂飞舞》里面的故事是您的亲身经历吗?"

黄蓓佳笑道:"我有那么老吗?我写的是八十年前的故事了,如果亲身经历了,我现在都差不多要一百岁了。"

"那您的创作灵感来源于战争年代,对吧?"

"对。但创作灵感怎么说呢,不是所有作家写的事情都要自己亲身经历的,更多的是我们听到的故事,或者通过阅读感受,在阅读的这些材料中选择需要的,然后把它改编成故事。阅读是非常重要的。"黄蓓佳说道。

西川的加入,让对谈的气氛更加热烈,吹着习习海风,饮着甜美椰汁,他们畅聊科幻与诗歌,谈论着阅读与创作,书屋周围,欢声笑语一片。

黄蓓佳道:"孩子的成长跟我们大人想象中有很多不一样的地方,我们想象中的孩子应该都是简单的和快乐的,但孩子的成长当中有很多沉重、辛酸的东西。其实,孩子也是用阅读来抵抗成长中的恐惧,这么多经典的文学书籍像压舱石一样,奠定了他人生的基石,将来他会依靠这些阅读过的经典作品,抵抗世界上的艰难或困顿。所以,阅读的习惯要从小养成。"

成长的压舱石

一窗 ⌂ 一角

送走可爱的小朋友们,众作家一片感慨,这些还在上小学的孩子既写小说又玩Rap,一点也不怯场,既大方又得体。而他们小时候,像傻瓜一样,如果见到作家肯定是连话都说不出来的。

西川说:"现在小孩读的书,跟咱们小时候太不一样了。"

"其实我小时候读书没有选择余地,我们小时候有儿童文学的概念吗?"黄蓓佳问道。

成长的
压舱石

苏童说:"有啊,《消息树》——"

"有《闪闪的红星》《矿山风云》。"余华说。

西川说:"《消息树》《新来的小石柱》。"

黄蓓佳说:"我记得我最初看的是什么,《野火春风斗古城》,还有《小英雄雨来》。"

苏童道:"最经典的《小兵张嘎》,全中国的孩子都知道,都能演。"

"对,都能演,都能熟背里面的台词,看好多遍。"黄蓓佳说道。

西川回忆说:"而且一开始《水浒传》还有个少儿版,就是给小孩看的,给我留下了特深的印象。"

余华总结:"我们小的时候儿童文学还不少。"

"但是我们脑子里面没有儿童文学的概念。"黄蓓佳说,"现在的孩子比我们幸福太多,我们小时候的困扰就是想读书却没有书可读,现在的孩子的困难在于选择,他们无从选择,因为书太多了,想读什么都可以有,这是他们的幸福。**在铺天盖地的海量的书籍当中,帮助他们选择应该读的书或者最适合读的书,这是成年人的责任。**现在很多人认为儿童文学就是低幼文学,像是绘本、童话,内容特别单纯、美好、快乐。"

西川笑道:"但是刚才这几个孩子都说自己不单纯了。"

黄蓓佳道:"对,其实我觉得儿童文学的概念很宽泛,很多儿童文学作品不仅仅适合孩子看,大人一样能看。比如说《城南旧事》[1],虽然是一部儿童文学作品,但成人看一样感到非常精彩。类似情况还有很多,比如说美国文学作品《杀死一只知更鸟》[2],你很难界定它到底是儿童文学还是成人文学。因为有的成人文学是用儿童视角写的。但是《杀死一只知更鸟》不是,它写的就是儿童本体,用很大的篇幅写了三个孩子之间的游戏和成长,文字非常活泼可爱,也写出了小镇上所有成年人的心态,所以你说它是儿童文学还是成人小说?这本书当年是美国中学生的必读书。"

苏童说:"到现在,《杀死一只知更鸟》还是畅销书,一直是必读书。"

余华道:"还有一本是《麦田里的守望者》。"

西川说:"我刚才就想说,像《麦田里的守望者》这种算儿童文学吗?这不算。"

苏童否定:"不算,它绝对不是。"

黄蓓佳说:"它是介于两者之间的,是成长小说。"

---

1 《城南旧事》,林海音的短篇小说,收录于其同名小说集。作品借由一个小女孩的视角,展现出老北京城南的风土人情。作者用细腻悠长的文笔,表达了对童年与故乡的深切怀念。
2 《杀死一只知更鸟》,美国作家哈珀·李的长篇小说,讲述了一名律师不畏强权,为一位遭受不公的年轻人奋勇抗争的故事。作品主题严肃,文风却幽默风趣,用不同年龄的人物视角去描写同一件事,给读者留下了深刻的思考空间。

成长的压舱石

"一般把它归为成长小说。"余华对苏童道,"那你的《城北地带》也算是成长小说。"

苏童说:"算是成长小说。"

余华玩笑道:"他那个我怎么读出来觉得很'儿童'?"

黄蓓佳说:"儿童视角和儿童本体其实还是有一点区别的。"

余华说:"那苏童写了太多属于儿童文学的短篇小说了。"

苏童道:"我写的应该叫少儿文学,我们是分得很清楚的。你看我们从低幼读物《童话世界》,然后是《儿童文学》,再然后是《少年文艺》。你看我们办的刊物,都是根据读者年龄阶段不断进阶的。"

余华问:"《少年文艺》是哪儿出的?"

苏童说:"《少年文艺》有两个版本,这个黄蓓佳最知道,南京有一个,上海有一个。"

余华问:"王安忆原来是在哪个杂志社?"

黄蓓佳道:"她在《儿童时代》。"

余华说:"我印象很深的是,我儿子小时候,一个是看奥特曼,一个是读《哈利·波特》系列——那是这套书最火的时候。我记得我给他推荐大仲马，他读了《基督山伯爵》。读完以后他非常惊讶，他说：'爸爸，居然还有比《哈利·波特》写得更好的书。'他四五年级就开始读狄更斯了，小学毕业前就把狄更斯的书读了一半了。你要是先给他上陀思妥耶夫斯基，从此以后他就要对文学反感了，所以我就先推荐大仲马。李小林告诉我，巴金让她读的第一部外国小说是大仲马的《三个火枪手》，然后是《隋唐演义》[3]。所以孩子们读文学作品，最好是从大仲马这样的作家入手。"

黄蓓佳赞同："小孩阅读，情节性是要强一些的。给孩子推荐书，应该略高于实际年龄。一开始他可能无法领会书里的精华，就是读故事也是很好的，读了以后总会在心里留下印象。而且我们都以为孩子很简单、很单纯，其实跟孩子交谈你就知道他们其实是很复杂的。"

西川说："低估了这些小孩了。"

苏童赞同道："孩子的要求永远比你想象的要多一点、深一点，而且古怪一点。"

"你以为他读不懂，其实完全能读懂，所以我们应该给他推荐更深一点的书，这样让他有个踮脚的过程。**我觉得儿童文学等于是给他们的童年打开一扇窗，或者为他把这个世界撕开一角，让他能够把脑袋伸出去，看看外面的世界是什么样子、人性是什么样子、社会什么样子、历史什么样子。等长大以后，在面对成人世界的时候，走上工作岗位的时候，他们心里就有了块压舱石，就会波澜不惊。**"黄蓓佳道，"优秀的儿童文学应该是可以让儿童和成年人一同阅读的。**孩子读书是成长中不可或缺的一个环节，书本给他打开的天地宇宙是无穷大的，带给他向前的欲望、成长的欲望。如果一个孩子成长过程当中缺失了阅读的环节，他的成长是不完美的。**"

---

3 《隋唐演义》，清代文人褚人获的长篇章回体小说，成书于清朝康熙年间，讲述了从隋文帝起兵到唐明皇去世这一百七十多年间的故事。作品将正史事件与民间传说相融合，为读者展现了一幅壮丽绚烂的历史画卷。

岛屿书屋
值班手记

我推荐一本印度尼西亚的小说——《天虹战队小学》。它写的是贫困地区简陋的乡村小学里的故事，故事里的老师们期待用知识改变贫穷孩子的命运。我们的理想跟现实总是有冲突的，我们期望用阅读、用知识来改变人生，但很可能在你进入社会之后不但无法实现你的理想，还会在巨大的、冷峻的现实面前碰得头破血流，这本书能给我们很多的思考。

另外再推荐一本曹文轩老师的《草房子》，这本书很多孩子应该都读过了，我个人认为这是一部在中国儿童文学中堪称登峰造极的小说。这本书也讲述了一个发生在乡村小学里的故事。故事里的乡村孩子的成长写得非常有趣味，文字好，人物塑造得也非常好。

我还想给孩子们推荐刚刚提到的中国台湾作家林海音的《城南旧事》，我相信，很多人就算没有读过这本书，也看过这部电影。她的文字和故事都非常简单，却能给人留下深刻印象。我也推荐孩子们去读读《西游记》，很有趣。每个国家都有自己传统的、优秀的文学作品，这些作品引领一个民族从稚气走向成熟，甚至能够塑造出这个民族的气质和灵魂……伟大的教育学家卢梭曾经说过，人类正因为从孩子长起，所以人类才能有救。我觉得的确是这样，我们写的书就是为了让孩子长大以后能够保持干净的、透明的心，能够有能力喜欢他们喜欢的事物，追寻他们仰慕的人，去享受这个世界的奇妙，去完成自己的理想，我觉得这也是我们阅读的终极目的。

——黄蓓佳

│ 那是种跟世界、跟环境摆平了的从容
──这不是单个人的面庞,更像是时间本身。

我在岛屿读书

9/12
我们这一代

黄蓓佳：在一个很浪漫的海岛上做了这么一间很古朴、很有文艺范儿的书屋，真是带给我很多惊喜。作为作家，来到书屋，总是感觉到很舒适，就好像回到了一个特别熟悉的地方。

肖全：我是肖全，是一名人像摄影师，我的工作是通过我的镜头向看照片的人传递一种信念，让每一张照片都活起来、动起来，变得有故事起来。

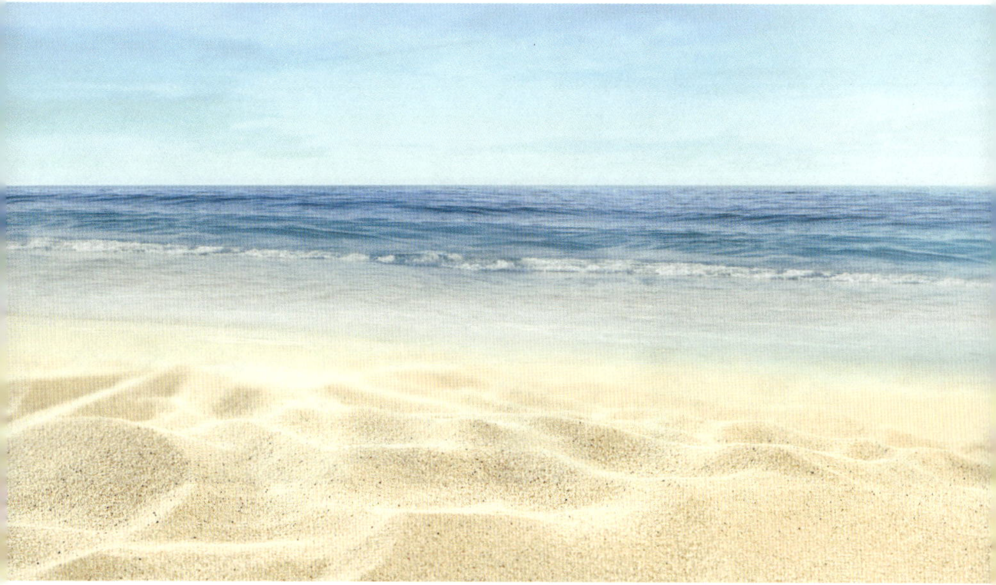

抢书 📖 阅读

日光晴朗，海风轻吹，书屋静谧，众人围坐闲谈。

西川问黄蓓佳："黄老师，你一开始写东西就是儿童文学吗？还记得写的是什么吗？"

"不是。高中时，学校有一个征文活动，我写了一个短篇，题目叫《补考》，于1973年刊登于《朝霞》丛刊的创刊号。"黄蓓佳说，"这完全是阴错阳差，我从小有过各种各样的理想，但从来没想当作家。发了这个作

我们
这一代

品以后，我父亲就说，你既然已经有这么个开头了，就接着再写吧。当时也希望通过写作来改变命运，慢慢练习写作。正好这个时候，江苏《少年文艺》刚刚创刊，有个老编辑接手当主编，他迫切希望找一批作者，然后就翻全国的报纸，发现了我。我那时候其实不写儿童文学，他就看了我一篇，觉得我可以写儿童文学，就寄了封信来，请我写稿。我就试写了一篇，叫《星空下》，寄给他。杂志马上就登出来了，当年还获了江苏省的一个奖。从那时开始，他几乎每个月甚至每星期都给我寄信，不停地约稿。我那时候年轻，哪经历过这种阵仗，虚荣心也强，发表欲也强，就开始拼命地写。

有时候，一个月能发两三篇。主编又怕人嫉妒，他就让我一篇用本名、其他两篇用笔名，所以现在我都忘记了用过哪些笔名发了哪些东西……"

余华问道："《少年文艺》是月刊吗？"

"月刊。"黄蓓佳答。

余华有点惊讶："同时给你发个两三篇？"

"对。"

余华说："我是不断地遭遇退稿，这反而磨炼了我的心理，退稿就退稿嘛。因为当时的稿子是邮资总付的，不用我们贴邮票。当杂志社把我的稿子退回来以后，我就把那个信封撕开，给它翻一个面，再用胶水粘上，而后写下一个文学杂志社的地址，再剪掉一个角，扔进邮筒。所以，我的那些作品在全中国旅游。"

西川与黄蓓佳是北大校友，尽管小了几届，但情况还是了解一些的，问她："你是不是在大学的时候已经开始跟一些老作家有来往了？"

"我就是跟丁玲有来往。为什么跟丁玲有来往呢？我的毕业论文想写她，因为每个人都得找个研究对象嘛，我就经常找她聊，想写关于她的论文。"黄蓓佳说，"在大学四年级的时候，江苏文艺出版社就想给我出一本小说集，叫《小船，小船》。很冒昧地，我就请丁玲为我这部作品写一篇序。大概我是当年大学生中第一个出小说集的，我记得当年拿了一笔稿费，八百多块钱。"

"那很多了。"西川道。

黄蓓佳说："是很多。老编辑真的好，他同时给我寄一封信。他说：'你现在还年轻，不要把这个钱随便花掉，先攒着、存着，存到你将来结婚成家用。'他真像父亲一样。我就把这个钱存在储蓄所，后来毕业回南京，还专门开了一个证明，把这个存单转到南京。"

余华问："那你结婚的时候用这笔钱了吗？"

"没用、还真没用。"黄蓓佳接着说，"我女儿考中学时，我陪她度过了半年的考试大战。当时我觉得有很多感慨，就把这段经历写下来了，

写成了《我要做好孩子》。这本小说写的全都是我特别熟悉的——我和我女儿之间的故事,女儿在学校和老师、同学之间发生的故事。那时候还很少有这个类型的校园小说,这本书一下子就爆发了,获了很多奖,小孩就喜欢这本书。"

苏童端起茶杯,长长地嗯了一声,说:"我女儿也看过,还有《今天我是升旗手》,是她最早读过的两本。"

黄蓓佳说:"到今天,这两本还是我发行最好的,但不是写得最好的书。"

西川点头,说:"已经给一代又一代的小朋友留下了深深的阅读印记。"

说到阅读,黄蓓佳颇为感慨道:"考上北大以后,正赶上改革开放,一下子,所有新鲜的东西全部涌进来了,外国文学也开放了。那时候北大图书馆号称藏书全国第二,能进去读各种外国文学作品。那个时候,读书像拼命一样,因为机会难得。我记得每个星期三下午阅览室对我们开放四个小时,每次都是排着队,大概最多一次只能进二十个人。很小的一间房子,别人占上后你就进不去了。吃饭的时候就开始排队,一边拿饭盘吃饭,一边排在门口,然后赶着进阅览室。那种阅读真是非常耗心血,我记得我最快的时候,一个小时能阅读四百页的书,拼命地读啊。"

"这叫浏览。"苏童说。

黄蓓佳说:"那当然了,那么短的时间,那么多的书,希望一下看完。闭馆时走出那个房间时,头昏眼花,脚像踩在棉花上一样,整个人感觉都虚脱了。"

苏童说:"你这个读法我知道,我也这么读过,其实是满足好奇心——我知道这个小说,我从来没读,今天来图书馆,希望看它的大概面貌,是一个什么风格,但没有细读。"

余华说:"当年的书不都有个故事梗概吗?把故事梗概读完以后再换一本。"

黄蓓佳说:"那还是不一样。"

苏童道:"黄蓓佳说的那个情况我知道。我比她晚几年,那时候在北师大图书馆,但已经没有你们北大那么严格的禁忌了。"

余华问:"书是可以带回宿舍的吗?"

苏童答:"当然,就是像《安娜·卡列尼娜》这类书都开放了。很有意思的是,那时用借书卡,你要把名字填在上面。"

黄蓓佳说:"对,每个人借书都有痕迹的。"

苏童似乎一下子陷入了回忆中:"北师大图书馆有一栋小楼,我特别喜欢那栋小楼。当时图书馆有一套传统,打开一个个小抽屉,里面放着按照字母排序的一张一张书卡,从那里抽出来。所以到现在还记得我在北师大打开图书馆的小抽屉、找书卡的过程。书卡上面的名字当然大多数都是陌生的,有的是我20世纪60年代的师兄,甚至不是中文系的,翻看一个个陌生的名字是我很喜欢做的事。我在大学时代比较系统地阅读了古代、现代、当代文学史,除了这些,我还找我自己感兴趣的书读。"

余华道:"我们图书馆没有什么书,我都是自己买书。20世纪70年代末和80年代初以后,19世纪的文学作品重新印刷,20世纪的文学作品又

被介绍进来。那个时候有两本重要的杂志,一本是北京的《世界文学》,还有一本是上海的《外国文艺》,像海明威这样的作家,我以前没有听说过,都是在这两本杂志上这发现的。尤其是20世纪的作家,像卡夫卡,最早是在《世界文学》杂志上看到的。"

黄蓓佳说:"当年阅读,我喜欢玛格丽特·杜拉斯[1],那时候她的《情人》好像还没有在中国译出,我是在《世界文学》上看到她的一个中篇《琴声如诉》,非常喜欢,觉得她跟我的灵魂有一种非常契合的、合拍的东西。然后我还喜欢美国女作家欧茨,她是所谓的心理现实主义,她的写作风格也是我很喜欢的。我们刚开始创作的时候,都有一段不自觉地模仿的过程,我有一段时期就走了心理现实主义这条路。比如在《文汇月刊》上发的短篇《雨巷》、在《收获》上发的中篇《请和我同行》等,都有点这种心理现实主义的痕迹。我记得很有趣的一件事情,那是第一次看《基督山恩仇记》(《基督山伯爵》),当时花了一夜时间读完,第二天早上一开门,头昏眼花,

---

[1] 玛格丽特·杜拉斯,法国作家,法国新小说派代表作家之一,1970年获得易卜生文学奖,1983年获得法兰西学院戏剧大奖,代表作《情人》《广岛之恋》等。

不知道今夕何夕。我们那时候哪里读过这么有趣、情节性强的书,就呆掉了、傻掉了。这部书有四卷吧,但是借给我的只有一本,正看到过瘾的时候,没了——"

余华颇有同感,插话道:"难受啊。"

黄蓓佳说:"难受啊,后来的几年时间里我就一直想看后面的三本,就像着魔一样,到处去找,一直找不到。到了1979年,我到北大的时候,第一时间去借第二卷。那时候出版社开始出版外国文学,我记得我们班的同学在海淀书店、新华书店连夜排队去买,通宵排在那儿,一人排两个小时,大家就捡到什么买什么,也不挑的,买到什么就可以。因为总共也没有太多的种类,就把能买到的书通通搬回来了,能买到的书都是好的,全部都是经典。"

余华说:"当年是什么情况,你知道吗?我后来才知道,当年主要是缺纸张。在我们海盐,最早是大家都在外面排队,他们是发书票的,而且书票是随机发放的,每一张书票上都有手写的书名,比如给你的是《高老头》,给我的是《战争与和平》,那我就感觉发达了。因为《战争与和平》有四本,《高老头》只有薄薄的一本。可五十张书票发完以后,后面排队的人什么书也买不到了。"

苏童道:"你没我惨。1979年,我在苏州上高中,也是你说的这种情况——刚开放的时候,什么书都没有,我就买到了一本《微积分》。"

西川一愣:"你买了《微积分》?"

"没有书了,都被人抢完了。"苏童说,"人家问我:'只有这本书,你要不要?'那我说,要吧。我数学很好,跟《微积分》有关系,《微积分》天天照耀着我。"

西川仍是一脸不可置信:"你居然读过《微积分》?"

苏童笑道:"而且,我买书的情景历历在目。那年苏州市的新华书店可能正在装修,卖书的地方临时选在玄妙观,这是苏州最有名的一个寺庙,当时也是泥塑《收租院》的展览场馆。我买书的时候,就记住了那些苦大

仇深的妇女，她们围观这些买书的孩子，这么一个情景，印象太深了。"

西川道："我在北大读书的时候，有一个非常特殊的回忆。有一本书是美国诗人卡尔·桑德堡写的《林肯传》[2]，我就借出来了。借出来以后我一看，上面有胡适之的亲笔题字，是他做驻美国大使过生日的时候，同事送了他这本书，而他自己之前也买过一本。于是，他就把其中的一本亲笔写上缘由，送给了北大图书馆，这本书让我借出来了。我在北大读书这几年，这本书一直在我床头。临毕业时，我想着还是不还，如果我不还，我就拥有一本胡适亲笔题字的书。但我犹豫来、犹豫去，最后还是还了。因为我觉得，这么多年，这本书还在，就说明大家都爱护这本书。我离开北大很多年以后，碰到诗人胡旭东，他说：'我从北大借出一本《林肯传》，上面有一个书签，隔了这么多年，我发现上一个借这本书的人是你。'所以说，北大带给我的东西很多。文化的传承是什么，就是这些东西。"

---

2 《林肯传》，美国传记作者卡尔·桑德堡耗时三十年收集资料完成的一本人物传记，在记录林肯一生的同时，重点展现了美国南北战争时期的传奇往事。作品文笔优美，人物形象生动活泼，跃然纸上。

表达 🖉 汇聚

没有人比摄影师肖全的出现更让余华、苏童等人惊喜。

当肖全站在门口,摘下墨镜时,余华浑身一震,大声惊呼,瞪大的眼睛写满了"今夕复何夕"的惊喜。

"肖全——"余华喊道。

肖全说:"好久不见。"

苏童伸手道:"好久不见,真的好久不见。"

我们
这一代

余华感慨："三十年了。"

西川道："肖全，你还抱着一本《我们这一代》[1]来，太厉害了。"

余华招呼肖全落座。苏童问肖全是否还在深圳。肖全说他最近又跑到了大理，在苍山脚下租了一个院子。

---

1 《我们这一代》，作者肖全，人物摄影集，作者用十余年时间构思创作的摄影作品，呈现了一批出生于20世纪五六十年代、活跃于八九十年代的文化艺术界精英们的光彩瞬间。全书记录了余华、苏童、西川、崔健、张艺谋、杨丽萍等近百位人物的近五百张照片。打开书本犹如走进一个时代的艺术展览，作者用真实的镜头和琐细的文字，记录了这一代人对美好生活的渴望与追求。

"我还没有这本书呢。"余华则迫不及待地翻看摄影集。

肖全介绍道:"这是一本我花了十几年时间完成的摄影集,里边记录了中国文化艺术界的一些重要人物,我也希望它是一种传承。刚开始,我从部队回到成都,那个时候我就很喜欢拍肖像,拍了一堆我周围的艺术家,**我觉得好的影像应该是能够表达内心深处的那种精神性**。于是,我就知道我接下来要做什么了。我觉得中国的文学艺术家应该有这样的照片——感动自己又能感动别人的照片。当我们翻开书的时候,能够看见他们,这是多么光彩照人。其实那个年代,我拍他们的时候特别过瘾。我当时坐卧铺,从成都坐到武昌,又到了长沙。何立伟给我写了几封信,让我来找苏童、叶兆言和陈春他们,后来在北京又碰到余华……"

余华翻看着自己在团结湖的留影,照片中他留着胡须,一脸年轻:"我儿子几年前看到这张照片的时候,你知道他是什么样的惊叹吗?'哇,那个时候的团结湖这么荒凉。'肖全的书出了好几版了,但我是第一次看到,可能出版社也忘了给我寄了。这本书很有价值,尤其是他拍我的一张,就是在团结湖的43号公交车站的那一张,这是我的照片里边流传最广的一张。"

苏童问:"那你们怎么会跑团结湖去拍?"

余华说:"我们在潘凯雄[2]家,潘凯雄就住在团结湖边上。我们在潘凯雄家聊天,然后我们就下去,肖全咔咔咔按了几次快门,然后就拍完了。"

相册继续翻着,照片里的贾平凹光脚坐在沙发上,年轻的叶兆言留着胡须,满脸酷帅,满头黑发的苏童正在抽烟,青春侧影颇似年轻时的窦唯,当年的西川则站在街头,手搔黑发,满脸凝重。

西川解释道:"我记得是从新华社出来,然后往西单走。路上我一挠头,说:'去哪儿拍呢?'他哐叽就给拍下来了。"

余华看着史铁生的照片,说:"铁生光个膀子呀,那个时候他跟陈希米已经在一起了。"

2　潘凯雄,文学评论家,代表作《蔚蓝的梦》《双面人手记》等。

余华（肖全 摄）

苏童（肖全 摄）

我们这一代

肖全说:"对,在他们家,当时他要搬家了,那些书全部都打包了,我留在他们家吃了顿炸酱面。"

随着书页的翻动,马原、格非、刘震云、残雪、戴锦华、杨丽萍……一个个朝气蓬勃的身影闪现在眼前。

西川道:"肖全这本书在今天,翻过头往回看的时候,越来越重要。他镜头所捕捉到的这些人,你能看到他们作为个人的成长过程,也能看到作为一个集体的文化成果,正是这些造成了我们的文化现实和我们的文化逻辑。"

"每个人都有能量场,汇聚起来就是一个球体,就像一颗恒星。"肖全请西川、余华、苏童各自在自己的照片页签名,而后郑重地放在书架上。

分界书屋的那格书架里摆有一台老旧收音机,《我们这一代》就平平整整放在老收音机旁。

这天是 2022 年 10 月 11 日。

我们这一代

记录 ⏰ 时间

肖全又卖了个关子,请众人上山,看看他的"小心思"。

在山腰公园林荫处摆着一排相架,上边放着黄蓓佳、余华、苏童、西川不同时期的照片。

黄蓓佳指着自己几张短发黑白照片说:"对,这都是我。我二十岁的时候,借调到《雨花》杂志社,因为特别年轻,又要当编辑,所以我就把自己装扮得特别老。我穿了一身黑衣服,然后剪一个齐肩的头发,看着像中年妇

我们这一代

女一样,还把头发扎起来,就怕人家瞧不起我,觉得我太嫩了。"

同样,照片上站在泰山之顶的西川是如此年轻,那时候还没有留起长发,身材瘦削,背着帆布包和水壶;穿着西装摆着造型的余华靠在墙上,目光炯炯……众人站在老照片前一同回忆,不时说笑。肖全则不失时机地举起相机,不断地按下快门。

苏童感慨:"这些老照片都很珍贵,更加珍贵的是这些照片背后的故事。其实很多观众都曾经是文学青年……"

黄蓓佳说:"那时候苏童老是抱怨说,到了北京以后吃得很差。但是我记得我到了北京以后觉得日子好得不得了。"

苏童道:"北大的伙食本来就好,我在1980年去北大吃过饭,觉得北大的伙食比北师大好太多了。"

黄蓓佳回忆道:"我们学校最大的一个食堂,在每星期六晚餐过后就开始打扫,把地拖干净,撒上滑石粉,然后开始跳舞,跳那时候最风靡的交际舞。"

海边,风起浪涌,浪花如白玉跳珠,打在脸上身上。肖全手中的相机宛如狙击枪,精准捕获着每一个精彩的瞬间。

黄蓓佳道:"我觉得摄影师拍照跟我们拿手机拍照完全不一样,我们可能追求怎样把一个人拍完美,**摄影师更注重人和环境一瞬间的关系,这一点给我启发很大。我忽然想到写作品、写小说也是这样的,人和环境的关系特别重要,一瞬间的那种契合,就把一个人的生命状态突显出来了。**"

肖全坦露心声:"其实这次到岛上来,心里还有一个小冲动,就是这么多年来没跟他们见面了,这是一个难得的机会,我想在岛上再为他们拍一次照。也许再过若干年,我们可以看今天,哇,那个时候好年轻。我今天再看余华年轻时候的照片,特别注意到他的眼神,我觉得他的眼神是最亮的、最坚定的。还有西川、欧阳江河、叶兆言、苏童他们的照片,这帮人老了以后,就出现那种特别智慧的相貌,**那是种跟世界、跟环境摆平了的从容——这不是单个人的面庞,更像是时间本身。**"

余华对肖全说:"你可以再做一个影集,叫《三十年以后》。"

"对!"肖全说道。

黄蓓佳（肖全 摄）

西川（肖全 摄）

岛屿书屋
值班手记

文字的记录很多是虚妄的，因为它带了很多作家主观的想象，但是影像的记录是瞬间的定格，它需要摄影师在刹那之间表达他对人生的穿透、对这个人物性格的穿透。包括苏童在阁楼里的那张照片，让我想到了他当年的样子。那个阁楼我是去过的，看他穿的衣服、周围的摆设、那个小天窗、那幅画，就觉得时光瞬间穿越了过去……比起他们的过去，其实我更喜欢他们的现在。

——黄蓓佳

文字有文字的功能，图像有图像的功能，就像小说有小说的功能、电影有电影的功能一样，互相都不能取代。摄影是一个很有趣的记录方式，某种意义上讲，摄影也是写作，肖全用他的摄影，实际上给我们呈现了一个时代——一个文化时代，这一点是非常好的。

——西川

夜色朦胧,海浪声声。

肖全:"今夜,我要带他们去一个特殊的地方
——在悬崖上看他们的照片。"

我在岛屿读书

10/12

大海·岩石·文学·电影

悬崖 🎞 放映

一束手电光中,西川、余华等人沿台阶而下,走向一处海边平台。平台上摆了小桌椅,桌椅上放了小灯。旁边一角安放了投影仪,影像正打在前方一面巨大的崖壁上。

坚硬且斑驳的崖壁瞬间便有了多彩且柔性的灵魂,像画布,也像银幕,绽放在黑夜里。众人一阵惊呼,从来没有见过如此独特的悬崖投影。

肖全语气里透着激动:"今天好特别,我们来到这么一个特殊的地方,

大海·岩石
文学·电影

身后是震耳欲聋的海浪声,眼前是悬崖、岩石,我将在这儿投放白天拍摄的照片。"

房琪道:"好嘞,好期待。"

白天海边拍摄的照片,一张张投放到了崖壁上,背景与岩石相交融,图像与斑纹相浸染,显出另一番质地与肌理,如木刻,似印染,带着质朴,显出沧桑,散出韵味,透着神秘,仿佛这些图片是从岩石深处自然生长出来的。

余华大呼,是壁画。

苏童则声称:"我'穿'了一件岩石。"

"中国文学界两位大师级作家的这张合影,以后肯定会成为文学史上一张很重要的肖像作品。"肖全望着岩石上苏童与余华的合影说道,"这张照片一定会传遍大江南北。今天我到了这个岛上,在这个海边,在海边那把椅子前,觉得那把椅子应该是上帝放在那儿的,留给他们坐的。你知道这个是摄影师梦寐以求的画面,精彩、凝视全在里面,非常棒。这帮哥们老了以后,仔细看,我觉得挺好看的,他们的相貌里面带着一种智慧,和三十年前当然是不一样的,可以看到很多变化。但我觉得有一个东西没变——他们对待一个事物的判断、理解,而且更加纯粹……一次拍摄,能够等到一张这样的照片就足矣了。"

放完图片,肖全又投放了数张他拍摄的图片,既有电影《摇啊摇,摇到外婆桥》的剧照,也有电视剧《人世间》剧照。

肖全问:"《摇》这部电影是不是好几个作家都参与了?"

苏童说:"没有,《摇》是张艺谋直接授意、毕飞宇[1]写的剧本。后来

---

[1] 毕飞宇,当代作家,代表作《推拿》《玉米》等。

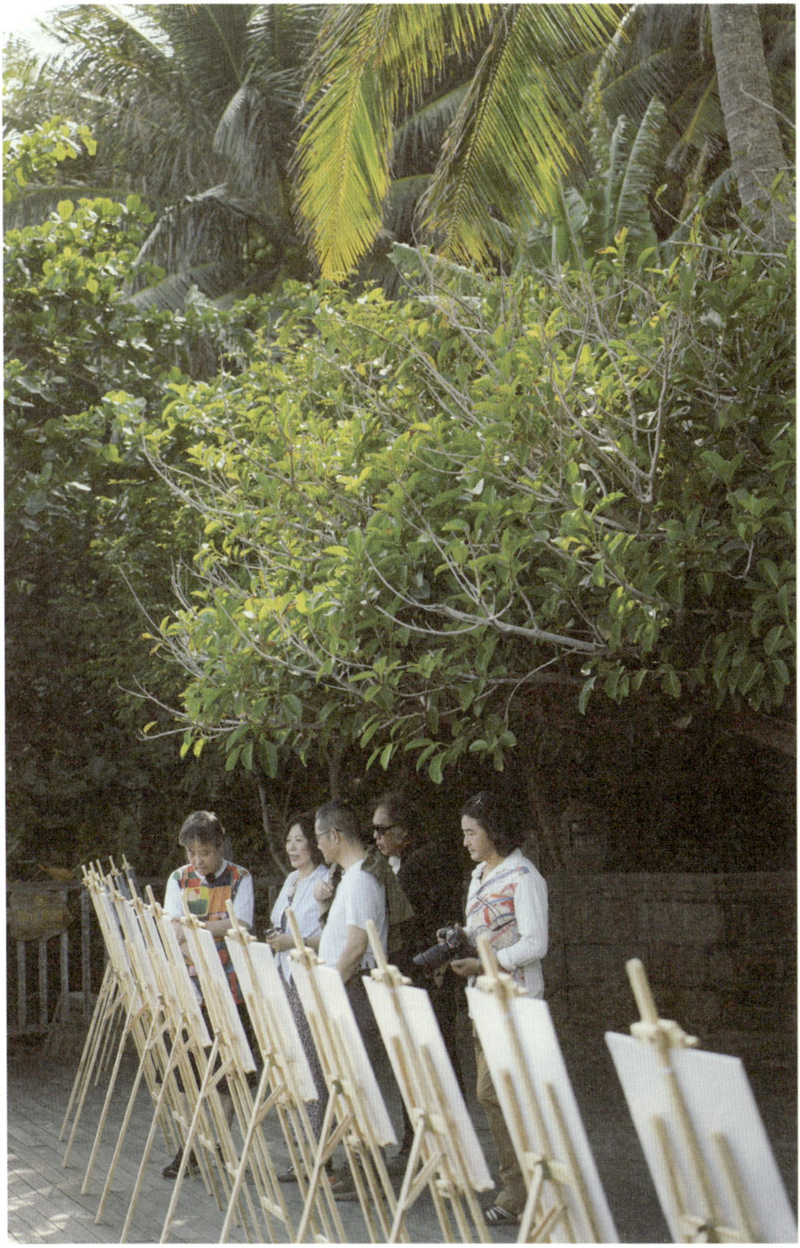

毕飞宇根据这个电影又写了一个小说。"

剧照投放完毕，肖全又在悬崖上播放起了电影片段。

苏童指着"屏幕"道："这个是《偷自行车的人》[2]，意大利的新现实主义作品。"

黄蓓佳说："这部电影，我是在北大看的。当时，我们班帮着北京电影制片厂审电影剧本投稿，然后作为交换，他们就给我看了很多内部电影，包括《偷自行车的人》。"

紧接着，肖全又播放了《教父》《荒野大镖客》《爱乐之城》《让子弹飞》等电影片段，引起大家阵阵热议。

苏童由衷地感慨："我们在悬崖下面听着海浪拍岸，在浪花当中谈论的是电影，真美好，让你忘了工作的累和压力，这是一辈子难忘的夜晚。"

肖全突然一扭头，惊呼道："天哪，你看那月亮。"

一轮金黄月亮赫然升上海面。碧海青天，悬崖圆月，给人一种既崇高、广阔，又温暖、贴切之感。

黄蓓佳道："这才是海上生明月，这多漂亮。在海上看明月很多，在田野看明月也很多，但是从来没看到过那么大一轮金黄的月亮，和悬崖、漆黑的海面、白色的浪涛那么完美地结合在一起。这种场景，我是生平第一次见，我特别希望我坐的椅子能够像飞毯一样，飞升起来，升到半空中去……"

苏童诗兴大发："余华，你看我拍出来的月亮，像一盏灯。啊，海上有一盏马灯。"

肖全脱口道："明代沈周说'故人散去如月落'。海上升起满月，那种色彩、那种明亮，还有那种光晕，很难用文字来描写，只是戳在那儿看着就足够了。"

---

[2] 《偷自行车的人》，由意大利导演维托里奥·德·西卡执导，朗培尔托·马齐奥拉尼等主演的电影。影片描绘了二战结束后意大利人困苦的生活，是意大利新现实主义电影的经典之作。

大海·岩石·文学·电影

文字 ⊞ 影像

"一看到大自然,每一个人都变成了抒情的人。"西川说道,"余华,你再说说电影啊。"

余华说:"电影,苏童是专家。"

苏童一摆手,道:"我哪里是专家?我第一次看《大红灯笼高高挂》,是因为张艺谋当时托人带了一盘录像带。然后我跟我太太在家看,我感觉我像审片一样,审的什么呢?看有没有根据我的小说改编,我在旁边的评

语就是：'这是我小说里的。这不是我小说里的，哪儿来的？'哈——"

苏童环视大家，接着说道："有的细节应该是编剧编出来的。关于灯笼，我小说里其实是提到的，但只有一句话：'老爷过生日那天，陈府门口挂起了两盏灯笼。'只提了这么一句。张艺谋改编后，就成了电影里非常重要的元素。因为他是摄影师出身，对视觉要求很高，这就要找到几个得心应手的道具，这个道具必须作为一种视觉结构，从头支撑到尾的元素。他一直在找这个东西，突然看到'灯笼'，他说一下就'亮了'，这是我印象比较深的。还有一个镜头，用来敲脚的那个木头，当时也不知道这是什么玩意儿。电影上映后,有一天,我在编辑部接到一个越洋电话,是一个新加坡人打来的。他先表达了他对这部电影的热爱,然后话题一转,说:'苏童先生,我今天打电话来,主要是跟你探讨一件事情,不知道你有没有兴趣,我们共同开发电影里头给颂莲敲脚的那套东西。'"

余华对苏童说:"版权不在你手上。"

苏童说:"他说,商机是很好的。这个做法,我赞同,但我如实告诉他:'你要开发这个东西,得跟张艺谋商量。'但现在我觉得有点后悔。"

余华打断苏童说:"不,你错了,那是一个正确的选择。你要是参与开发的话,你到现在为止还欠一屁股债呢。你不要对自己的商业才能那么自信。"

苏童听后大笑,众人也跟着笑起来。

房琪问苏童道:"我挺好奇,《妻妾成群》的原著故事发生的背景并不是在山西晋中,电影把这个故事放到了乔家大院,对于这样一个转变,您怎么看?"

苏童说:"这也正常。"

余华说:"因为张艺谋是北方人,把那个场景放到北方,他才有感觉,你要放到南方的话,他的感觉可能就没在北方那么好。"

"就是这个原因,我也这么认为。"苏童道。

房琪又问余华:"余华老师看到自己作品被改编的时候有什么感觉吗?特别是第一次看的时候。"

余华笑道:"那个时候,看完以后感觉不是我的小说。苏童,你还觉得这个是那个是,我一看,整个儿就不是。"

西川问余华:"你说哪个电影?"

"《活着》。"余华说,"我觉得,假如你要找一部最不忠于原著又拍得最好的电影,肯定就是《活着》了。《活着》之所以能拍得好,就是因为它不忠于原著,你知道吗?所以当年有人因这个来'挑拨离间',我就告诉他们,只有笨蛋才会忠于原著,因为他自己没有想法,只能靠原著。

像张艺谋这种人,他是有很多自己的想法的人,是不会忠于原著的。"

房琪问:"那什么样的文学作品是适合改编成电影的?"

"那种三流小说吧。"余华笑道。

"最起码是有一个强大的故事内核。"黄蓓佳说,"毕竟影视的传播力量更大,受众面也更广。"

余华道:"反过来也很多。比如像好莱坞的好多大片都是根据畅销书改编的。当然,也有某一部小说,出版以后没有什么影响,因为变成了一部很有名的电影,所以书也跟着开始有影响了。两方面的都有,不是绝对的。一般中篇小说拍成的电影忠于原著容易一点,把长篇小说改成电影就很难了,短篇小说拍成的电影也很难忠于原著,因为它的篇幅不够。"

黄蓓佳说:"**文学作品,其实很在意的是语言和细节,这是很重要的东西**。文学的感受是通过语言和细节表达出来的,但是,影视作品很少有功力强大的导演能够把这一点表达出来。"

余华说:"张艺谋是把中国作家的作品改编成电影最成功的导演。《红高粱》是他的第一部,后面有《大红灯笼高高挂》,包括《秋菊打官司》都是从小说改编来的。把当代中国作家的小说改编成当代电影,我觉得做得最好的就是张艺谋。"

苏童道："张艺谋导演曾经说过，那些年是文学托着电影走向世界的。**影像和文字的关系，我觉得基本上一直是处于热烈的情感依恋当中，文字和影像都是当事人，这是一场恋爱。**"

西川问苏童："你觉得孟京辉把你的作品改成戏剧，怎么样？"

余华欠欠身子道："当年孟京辉来找我，说把《活着》改成话剧要怎么改。我说：'你把它改成《许三观卖血记》也可以，反正你想怎么改就怎么改。'然后，我们在杭州搞过一个新闻发布会。我就明确说了，这个话剧从剧本开始一直到后来的导演、演员，跟我一毛钱关系都没有，如果这个话剧成功了，你们把赞美全部给他们，不要给我；但如果这个话剧失败了，你们全去骂他们去，别来骂我。所以，我已经摘清了。当时孟京辉那个话剧是这样的，它内容是忠于原著的，从头到尾都忠于，但形式完全不忠于。张艺谋的电影拍得很朴素，形式很忠于小说的叙述。张艺谋，我对他的评价是换药不换汤，孟京辉是换汤不换药。那个话剧也很成功，演出的时候观众有两千人……"

西川道："我看了，话剧《活着》我去看了。"

余华又说："最近不是排了《第七天》[1]嘛，这是我跟孟京辉第二次合作。孟京辉很好玩，当时第一次来跟我谈《第七天》的时候就这么瘸着。"

苏童问："骨折，是吧？"

余华打个手势，道："不是骨折。我跟他说：'你身体老了，你心态还没老。'谢幕的时候，请导演出来，他蹦蹦跳跳地出来，还没到舞台中央，感觉不对了，结果把跟腱弄断了。等到大幕拉上以后，他一屁股坐在地上，直接躺着进医院了。"

西川说："他老是蹦蹦跳跳地上去。"

余华对苏童道："所以有时候你得听我说，有些动作，你不能做的时候就不要做。你那天在沙滩上踢球的时候，我就担心你突然骨折了……"

---

1 话剧《第七天》，由孟京辉执导，梅婷、陈明昊等人主演的话剧，改编自余华的同名小说。导演将原著中的悲欢离合、人情冷暖、残酷现实与浪漫诗意都艺术性地置于舞台之上。

孟京辉执导的话剧《第七天》剧照

融合 🖂 渗透

房琪说道:"现在好像原创剧本越来越少了,很多都是由各种各样的小说改编的,很难看到一个非常惊艳的原创剧本的电影。"

余华答道:"主要是我们好多导演都不是创作型的导演。中国创作型导演,贾樟柯算一个,刁亦男[1]算一个,他们算是创作型的导演,拍自己写的剧本。"

---

[1] 刁亦男,电影导演、编剧,代表作《南方车站的聚会》《白日焰火》等。

苏童补充道:"刁亦男的两部电影,一个《南方车站》,另一个是《白日焰火》,都他自己的本子。"

黄蓓佳说:"藏族有一个万玛才旦[2],他也是一个作家型的导演。"

余华说:"我喜欢的那些电影,好像剧本基本上是导演自己写或者是导演参与的,参与到编剧中去,比如像科恩兄弟[3]那样的。反正电影的话,还是最好是导演们自己写剧本,知道什么能拍、什么不能拍。"

---

2 万玛才旦,藏族导演、编剧,作品有《塔洛》《撞死了一只羊》等。
3 科恩兄弟,美国电影导演组合,代表作《老无所依》《大地惊雷》等。

苏童说:"法国的新浪潮[4]、意大利的新现实[5],基本上都是原创。电影的流派跟文学有太多的关系。所谓的新浪潮的两大主将——特吕弗和戈达尔,都曾经是法国有名的电影杂志社的编辑。新浪潮电影潮流对于这些导演有一个描述:他们拍的是现实主义电影,是主观的现实主义,带有个人视野、个人目光甚至带有个人偏见和禁忌的。他们非常重视即兴创作,认为即时性更加真实。如费里尼的大多数电影都是用自己的剧本,而且他那个路数不编故事,基本上是个人的生活经验、童年记忆,就这么写下来,开始拍了。安东尼奥尼跟其他的导演都不太一样,他有一个作家的习惯,像契诃夫那样,每次旅行、坐火车,他不停地记录。比如他要坐火车,每看到一个火车站的落日,他都要记录下来;麦秸垛被晚霞映照是什么样的感觉,他也记。无论是法国新浪潮也好、意大利新现实主义也好,导演们

---

4 法国新浪潮电影,一种电影创作流派,诞生于1958年的法国,与传统影片不同之处在于充满了主观性与抒情性,倡导拍摄具有导演个人风格的影片,在拍摄时强调生活气息,采用实景拍摄,主张即兴创作,影片大多没有完整的故事情节,表现手法上也比较多变。
5 意大利新现实主义电影,一种电影创作流派,兴起于20世纪40年代的意大利,以真实社会环境中普通人的生活为落脚点,经过不断地发展和进化,形成了独树一帜的写实主义电影流派,其对世界电影美学及电影拍摄实践具有重要意义。

都不寄希望于故事。"

黄蓓佳道:"他们其实就是生活流。"

苏童点头:"他们自己并不需要一个非常强烈的虚构的技能,他们认为电影就应该这样。"

"安东尼奥尼拍的《蚀》,那是一部烂片,但是里边的股票交易所是世界电影镜头的经典,有个四五十分钟,简直是惊艳至极。"苏童说,"所以有时候在电影里边,你只要有半小时是很牛的也就够了。这个莱昂内,他的电影也都是自己写的本子。库斯图里卡[6]的电影本子,也是他自己写的。他有一本书也写得很好,中文版叫《我身在历史何处》,那哥们还写小说——他自传小说里有一段特别有意思:当年他拿作品《地下》去参加戛纳电影节。那一年希腊的安哲罗普洛斯[7]也去戛纳电影节。但那两个人不对付。安哲罗普洛斯一到戛纳,就接受采访说:'我就不明白在戛纳、在法国为什么有那么多人喜欢库斯图里卡,他的电影除了喝酒、吃饭、吵架、打架,还有什么呢?电影要表现的深刻在哪里?'库斯图里卡听到了这段话,所以在接受记者采访的时候,他回答说:'安哲罗普洛斯的有的电影都是为了向德国哲学致敬,你丝毫看不到他在雅典郊区成长的轨迹。'我后来为让我儿子看那本书,把这个故事告诉他。他就哈哈笑,说当两个天才互相攻击的时候,都能击中要害,很有意思。"

西川问黄蓓佳:"最近看电影有什么感受?"

"一年不如一年,我说的是外国电影。"黄蓓佳说,"20世纪90年代的电影最好看。像《泰坦尼克号》《肖申克的救赎》《海上钢琴师》等,很好看。"

金黄的月亮,银白的海浪,铁黑的礁石,在温柔夜色中铺排铿锵而浪漫的诗意,阵阵海潮涌动,拍打出广阔而低沉的声响,像是安抚又似是

---

6 埃米尔·库斯图里卡,前南斯拉夫电影导演、编剧、演员、作家、音乐家,无烟地带乐队贝斯手,戛纳"双金棕榈俱乐部"成员。代表作《黑猫白猫》《爸爸出差时》等。
7 西奥·安哲罗普洛斯,希腊电影导演、编剧,代表作《永恒和一日》《尤里西斯的凝视》等。

激励。

余华指指远处的悬崖:"今天这个做得真是不错。"

"登峰造极了。"苏童说道。

西川说:"很好,很像一个当代艺术,投影到悬崖上,我觉得很酷。以后可以经常搞这类电影播放,叫'悬崖放映',一定是一个好主意。"

余华赞同:"那是双赢的结果。"

西川问:"谁和谁双赢?"

"语言和影像的双赢。"余华道,"为什么呢?我们把一个影像投在悬崖石壁上看的话,无数人的想象是不一样的,它的空间是很大的,给人的感觉是丰富的,很难找到语言和影像双赢的电影。因为好多东西是属于影像的,语言表达起来没意思,又有很多东西属于语言的,影像表达又没有意思。"

黄蓓佳说:"太微妙了。语言和影像,有时候本来是两种对立的东西,又很奇妙地在同一个时间、同一个场景当中融合了——那种永恒和瞬间、坚固和流动、沉默和喧嚣。永恒的、坚固的、沉默的是岩石,瞬间的、流动的、喧嚣的是一亮而过的电影镜头,而这两种截然相反的东西,在大海、灯光、明月的映照之下,特别奇妙地融合在一起,真是如梦如幻。"

肖全动情地说道:"其实作为我来讲,心里面一直想做的一件事情就是和我曾经拍过的这些作家、诗人,像今天这样聊天,但没想到会这么浪漫。关键今天就在海边,有海浪、满月,又把照片在我们身后的悬崖上播放。这对我来讲真的是第一次。还在这儿听到两位老师讲述把小说改编成电影的故事,分析这些世界大师的电影作品,我觉得特别过瘾,觉得今天太完美了。"

"好吧,我们让影像停止,让海浪开始——这是我的结束语。"苏童说道。

岛屿书屋
值班手记

　　<u>电影其实是另类的书籍</u>，它是以声、光、画构成的，在时间的长河里，文字构成的书籍向读者们讲了一个个跨越时空的故事，这些故事通过文字得以保存，可以永久地流传下去，成为经典。影像同样具有这样的能力。<u>文学给电影提供了源源不断的营养，而电影也让作家拥有了更多的读者，这是一种喜悦的相遇。</u>

——苏童

将小说改编成电影的话，我认为很成功的是张艺谋的《活着》。导演在改编一部小说的时候，不要过于忠于原著，过于忠于原著，导演自己的才华就被束缚住了，应该把原著作为一个题材来对付，因为影像叙述和语言叙述是不一样的。另外有一部电影是《蒂凡尼的早餐》，奥黛丽·赫本演的，赫本的表演非常准确，导演选择赫本，绝对选对了，但还是跟我读原著感觉不一样。我觉得像《安娜·卡列尼娜》是不能拍成电影的，《战争与和平》也是不能拍成电影的，语言传递给我的和影像传递给我的不一样。在读文学作品的时候，你的想象力是被充分激发出来的，所有的影像都要靠自己去想象；而电影是有影像的，它把影像固定下来了。一个读者的想象力，要更加自由，更加宽广，这就是语言文字的魅力，它给你充分的想象力。

——余华

阳光明媚得像首诗,无论是远山大海还是绿树沙滩,都在阳光下弥漫着一股抒情的味道——分界书屋中,飘散出了怀旧的乐曲——先是萨拉萨蒂的《流浪者之歌》,后是叶佳修的《乡间小路》,罗大佑《穿过你的黑发我的手》……年代感满满拉开

我在岛屿读书

11/12

文学无界

世界文豪 🖉 响亮球队

苏童边听音乐边对房琪说道:"我是一个四十年没唱歌的人。"

西川说:"对,这些歌对我们这一代人来讲,相当于外国文学、世界文学。它有一种国际范儿,那时候你不知道世界是什么样,通过这些可以去想象外面的世界。"

余华来了兴致,对房琪道:"我们找一首崔健的歌。"

随即,房琪的手机里播放出了崔健沙哑的嗓音。

文学
无界

"这在当时得多前卫！我当时立刻就知道，这是文化的一部分。"西川说，"其实，我也喜欢中国的民歌，也能够唱一些民歌，像陕北民歌《三十里铺》《兰花花》，我都特别喜欢。我有一首诗就叫《民歌》，是早年写的。我年轻时在陕北那边旅行，听到旷野里有人唱民歌，风吹过来的时候，声音就听得见，有时候就听不清楚。那是**用天然的嗓音唱出他们对生活、对生命的感受——他们的爱、他们的失望、他们的梦想。甚至你会感觉，那不是人的嗓子在唱，**那是石头的嗓子，那是树木的嗓子，也不是一个人在唱，是整个世界在唱，形成了这样的民歌。这种东西对我的写作当然是有启发的,我之所以能摆脱学生腔,就是因为我的旅行,其中包括听到别人唱歌,听到那些非专业的声音,它启发了我的写作。"

苏童感慨:"这些都是当年的文艺青年才会唱的。像披头士的音乐,多好听。"

余华说:"你听那个皇后乐队的《我将震撼你》,足球比赛的时候都会放,球迷们都要唱的。"

房琪突发奇想:"我们在足球队里面有前锋有后卫,大家都有自己的技能点,就是阵形可能不太一样。如果在文学领域,我们有没有可能'组建'一支足球队出来?"

西川问:"你说世界文学?"

房琪道:"我们就来聊聊外国文学吧。"

苏童说:"就是把文学足球化、位置化,可以双方对打的那种阵营。"

余华看看苏童:"我们先来确定阵形。"

"就'442阵形'[1]吧。"苏童说道。

余华问:"我们先说两个前锋,你说是哪两部作品?"

苏童说:"《百年孤独》。"

余华道:"《百年孤独》是前锋吗?我选的第一个前锋是《尤利西斯》[2],为什么呢?它的'脚法'谁都看不懂,很容易进球。"

苏童说:"那《堂吉诃德》算另外一个。"

余华点头:"《堂吉诃德》可以,这个可以。它们两个是前锋,因为它们两个的脚法很古怪。在禁区里边,你的脚法一定要很古怪,比如说像罗纳尔多,那次他用后脚跟把球踢进去,你不能用规矩的方式——你看堂吉诃德好像有点傻乎乎的,但是他的优点是迷惑别人,别人以为进不了球,

---

1 442阵形,足球运动的常见阵形,全称为"1+4+4+2阵形",采用的是1名守门员、4名后卫、4名中场和2名前锋的阵形。该阵形的特点在于攻守平衡。
2 《尤利西斯》,爱尔兰作家詹姆斯·乔伊斯的长篇小说,作者以时间为顺序,通过对三个普通的都柏林人一天日常生活和精神变化的细致刻画,展现了人类社会的悲与喜,是意识流小说的代表作。

《尤利西斯·求婚者》

他进了。"

苏童表示赞同:"堂吉诃德就是骑士的故事,骑士本身就要跟所有人斗,他还要跟风车战斗,何况是人?所以,你的解释还真是很合理。"

余华说:"《尤利西斯》那个小说,大家都看不懂嘛,所以它的脚法别人也看不懂。堂吉诃德,苏童认为他很会打,我同意。此外我觉得堂吉诃德的头球好,因为前锋需要有头球。发任意球的时候,尤其是发角球的时候需要有一个高中锋,是吧?堂吉诃德在我心目中就是高中锋,只有像塞万提斯和乔伊斯这种不讲规矩的人才能够做前锋。再说中场,陀思妥耶夫斯基和托尔斯泰应该是中场。"

苏童道:"《战争与和平》《卡拉马佐夫兄弟》[3]是吧?这两个。"

余华说:"对,因为我觉得他们两个人都很庞大,作为中场,既能攻又能防,毫无疑问就是托尔斯泰和陀思妥耶夫斯基,绝对是世界级作家,如果来进行一次作家评选的话,他们两个人肯定是能进前五的。再边上的两个边位呢?"

---

3 《卡拉马佐夫兄弟》,俄国作者陀思妥耶夫斯基的长篇小说。作者以敏锐的洞察力和惊人的准确性刻画了人物的精神状态,体现了作者对人类命运和国家命运的深刻思考。该作品是作者文学生涯的巅峰之作。

西川问:"一般边卫是负责什么?"

余华答:"边卫是既负责进攻又负责防守。"

苏童道:"威廉·福克纳可以是左边。我们选《喧哗与骚动》还是《我弥留之际》?"

余华想了想,说:"《喧哗与骚动》的班杰明是个傻子,但不影响。对,《百年孤独》适合在左边,《喧哗与骚动》适合在右边,那四个后卫呢?"

西川问:"要四个后卫,你们打算把卡夫卡搁在哪个位置?"

苏童眼中放光:"对,后卫卡夫卡和福楼拜。两个中后卫,可以是《城堡》和《包法利夫人》。"

余华说:"卡夫卡的《城堡》好。"

西川补充说:"《城堡》中那个城堡永远走不到。"

余华说:"对,对方的球永远进不去。"

苏童说:"包法利夫人让人腿软,一遇到她腿就软了。"

余华说:"对,它们是中后卫——你进不去,走不了。两个边后卫,左边一个,右边一个,再想想还有谁?"

苏童望向西川:"可以加两个最伟大的诗人,你排两个诗人。"

西川说:"你们刚才一说,我心想,但丁搁哪儿?"

苏童兴奋起来,挥手道:"但丁,但丁。"

余华说:"但丁是左后卫。因为但丁当年与教廷有冲突之后逃到了帕多瓦,他是被迫害的,但丁是一个进步的诗人。"

苏童解释说:"球员一到《神曲》这里,《地狱》也在,《天堂》也在,人到这儿就会腿软。"

余华问:"那右后卫是谁?"

西川说:"还有歌德呢。"

余华与苏童几乎异口同声:"歌德,右后卫。"

西川说:"《浮士德》的魔鬼也会让人腿软。"

"看谁做守门员比较合适?"余华问。

苏童说:"比较强壮型的守门员是巴尔扎克。"

余华笑:"巴尔扎克可以,作品是《欧耶尼·葛朗台》,他是'守财奴'嘛,守球门!"

西川想了想,说:"在球场边上干着急的就是莎士比亚。"

"莎士比亚是教练员。"苏童指着西川道,"莎士比亚本身就是剧作家,球场就是个舞台嘛,对不对?"

余华笑:"这支'足球队'阵容强大。"

苏童也笑:"这是个'奇葩'阵容,还解释得头头是道。"

西川再问:"雨果在里边干吗?"

"雨果是这支球队的新闻发言人。"余华说,"然后,让狄更斯做助教吧,做莎士比亚的助教。"

苏童有点惋惜:"你看,契诃夫都——"

"不是,契诃夫是比赛开始前受伤。"余华解释道,"还有一百多个伟大的作家或者是一千个伟大的作家都因为受伤,宣布退出了。"

书屋内,又是一阵会意的笑声。

夏尔拖着脚步，扶着楼梯栏杆上楼，他的腿都站不直了。

(福楼拜《包法利夫人》选段)

要不是自己是个魔鬼，我真愿让魔鬼拖住了腿。

(歌德《浮士德》选段)

文学无界

表达有别 📝 文学无界

风来,穿过门窗,吹向书架,轻轻拂动着翻开的书页,发出细微的响动,像火柴擦动,有一缕缕书香暗暗飘散。

房琪问:"各位老师最早看的翻译作品是什么?还记得是哪一本吗?印象深刻的译著又是什么呢?"

西川说:"中国古代的诗歌、小说译成外文的太多了。我们老觉得外国人不了解中国,其实那是外国的普通人不了解中国,国外那些专家在某

一个领域知道的东西一点不比我们少,甚至比我们还多。四大名著全翻译了,先不说这几大名著,就《老子》这一本书,在英语世界里就有一百多个译本。还有《孙子》,译本也特别多。还有很多翻译著作,我们都想不到。比如,我那儿就有一本翻译成英文的《商君书》[1]。"

苏童问:"什么时候译的?"

西川说:"具体什么时候译的,我不清楚,应是前些年出的。还有《左传》,

---

[1] 《商君书》,法家著作,是战国时期法家学派的代表作之一,于1928年被翻译至海外,使更多西方学者开始了解中国古代法家学派的哲学思想。

杨宪益、戴乃迭夫妇

美国有一个大翻译家叫华兹生[2]，他翻译了《左传》，翻译了《史记》。一般说来，中国文学往国外译，都是外国的翻译家译的。得过诺贝尔奖、在中国生活过的赛珍珠[3]，她翻译过《水浒传》，这本书的英文名字叫《四海之内皆兄弟》。《红楼梦》也被翻译成外文了，不断有人翻译，版本也越来越好。中国有一个大的翻译家，我觉得我们应该记住他，这个人叫杨宪益，还有他的夫人[4]。他夫人是一个英国人，名字叫戴乃迭，他们一起翻译了很多中国古典文学作品，从《诗经》到《楚辞》，再到《六朝诗》，他们都译成了英文。杨宪益先生在20世纪80年代曾经担任英文版的《中国文学》杂志主编，任主编期间，他发起并主持了'熊猫丛书'的出版，包括《诗经》《楚辞》《唐诗选》《西游记》《聊斋》等古典文学作品，同时也包括巴金、沈从文、孙犁、王蒙等作家作品。可以说，'熊猫丛书'在向世界推广中

---

2 伯顿·华兹生，美国学者、翻译家，主要翻译作品有《左传》《史记》等。
3 赛珍珠，美国作家，1938年诺贝尔文学奖获得者，代表作《大地》《我的中国世界》等。
4 杨宪益、戴乃迭夫妇在半个多世纪内，联袂将中国文学作品译成英文，包括《红楼梦》《儒林外史》《楚辞》《史记》等。

国文学方面功绩卓著。"

余华回忆道:"1980年,我在宁波第二医院进修牙科——"

苏童打趣道:"我一直以为你没进修过,师傅教你两下就直接开始拔人家牙了呢。"

余华佯作不满状:"我文学也进修过的。那时候有一个眼科医生,借给我一本陀思妥耶夫斯基的《罪与罚》,让我一天内看完还给他。因为第二天他要借给下一个人。这本书就是人民文学出的'网格本'[5]。这本书把我看得晕头转向,借着昏暗灯光,一晚上没睡把它看完了。"

房琪说:"那个时候读书是很珍贵的事情。"

余华说:"珍贵!那个时候我父亲会来检查,他倒不是不让我读书,是怕我眼睛坏掉。然后他就把灯关了,我也不敢再开了。但因为明天要还书,我就穿上衣服,跑到街道上去,在路灯下把书读完。"

西川道:"你一说这个,我也想起我们那时候读《十日谈》。《十日谈》有一个缩节本,还有一个全本,很厚。我把那个全本借回来,我们宿舍的同学轮流读,每个人只有一天一夜的时间。晚上怕影响别人睡觉,我们就坐在楼道的灯光底下读,读一夜。"

苏童回忆道:"我们童年时期、少年时期都有共同的经历。要说翻译小说,有一本我姐姐带回来的书,因为那时看翻译小说不太习惯,不太习惯外国人的名字,我记得当时的竖版书,人名旁边会画一条竖线,比如说'安娜·卡列尼娜''渥伦斯基'等,都会画线标注的,告诉读者这是个人名。"

余华说:"地名、人名也都有一条线,这个叫专名号[6]。"

苏童说:"我读的横排本的,新出版的是《当代美国短篇小说集》。它不叫'网格本',它的封面格子,我记得是黄色、绿色、白色三种,就

---

[5] 网格本,一般指"外国文学名著丛书",由人民文学出版社、上海译文出版社出版,收录了世界各国众多杰出作家的代表作品,因其网格状的封面图案而被书迷们戏称为"网格本"。

[6] 专名号,符号的一种,横式为一,竖式为|,用以标记古籍或某些文史类著作中出现的专有名词。

中国古代诗歌外文版

像横格一样,很小。"

西川说:"古文没有标点符号,那个叫句读。就是从胡适这些人开始,弄了现代汉语,然后他们开始画这个线。有一个故事,说胡适送给章太炎一本书。章太炎一看,居然敢在名字边上画线,就要扔,忽然发现底下署名是胡适之,旁边也画了一条线,说,那还行。名字边的画线,有时候是直线,有时候是曲线,就是为了告诉你这是一个专有名词。不光是竖版书画线,老的横版书也画线,就相当于当时特殊的标点符号,再后来这些画线之类的符号就去掉了。"

余华说起了自己作品的翻译:"由于语言的不同,翻译时,有些东西会被削弱,有些东西却会被增强。我第一年去美国的时候见安道——我最早的书的英文译者,他那个时候还在西雅图的华盛顿大学,我专门去看他。他就有一本博尔赫斯的小说集,我就让他查一句中文版的翻译,小说情景是,行刑队要枪毙一个人。其中有句话翻译成中文很妙:'行刑队用四倍的子弹将他打倒[7]。'但四倍的基数是什么,没说。我就问他英文是怎么译的。他马上就搜到了,他说英文有点这个意思,但没有中文那么好。就是说,有些地方的翻译,中文译得比英文更像博尔赫斯,因为这是典型的博尔赫斯的风格。"

西川说:"博尔赫斯用西班牙语写作,他的祖上跟英国又有一些血缘关系。西班牙语属于拉丁语族,音乐性特别强;而英语属于日耳曼语族,日耳曼语族的语言是比较硬的,被称作一种商业语言。博尔赫斯用西班牙语写作,但那个感觉是英语的,所以这就跟别人使用西班牙语的方式不一样。因为我翻译过博尔赫斯的谈话录,做翻译,里边那些词你懂就是懂,不懂就是不懂,不懂的时候必须查字典,字典上没有,你就得多方请教。所以翻译对我的训练就是,说话得有根有据——我去给你们拿个东西,你们接着聊。"

---

[7] 《秘密的奇迹》选段,收录于博尔赫斯《杜撰集》。"他发狂似的喊了一声,扭过脸,四倍的枪弹把他打倒在地。(He began a maddened cry, he shook his head, and the fourfold volley felled him.)"

房琪问余华和苏童:"两位老师也有自己的译者,你们之间怎么磨合呢,就是怎么能确保他翻译出来的东西是你想要的?"

余华说:"我们没有磨合,他爱怎么翻译就怎么翻译。我的意思是,最好永远不要写信问我。"

苏童说:"每个翻译家都有自己的习惯,有的翻译家从头到尾都不想让你知道,他翻译的东西好像是一个秘密一样。"

"但是翻译家有一个优点,是什么呢?他能够给你找到错误。"余华看一眼苏童,"饭塚容也翻译过你的书,他这次又在《文城》里边发现了一个错误:前面那个人是右手的中指被打断了,到后面怎么变成左手了?他说:'我给他换成右手行不行?'我说,可以,换成右手吧。这本书断断续续写了二十多年,写着写着,很多细节都忘掉了。我那个《活着》里边也有这种情况,福贵他们家的长工,前面的名字跟后面的名字不一样,也是饭塚容发现的。饭塚容问我,这两个人是不是同一个人。我说,就是同一个人。"

西川再回书屋时,拿来一个精致的木盒,打开木盒,揭开掉包装纸,小心翼翼拿出一本书,却是博尔赫斯的《诗人》(或称为《创造者》)原书,再轻轻翻页,里边露出博尔赫斯的亲笔签名。

西川介绍说:"卡洛斯·路易斯,他是博尔赫斯的学生,他把这本书送给我的。博尔赫斯给这本书签名时已经瞎了。他说:'上帝同时赐予我八十万册图书和一片黑暗。'"

西川郑重其事地说道:"博尔赫斯是我非常喜欢的作家和诗人。当年博尔赫斯把书送给卡洛斯。2017年在阿根廷,我遇上了卡洛斯,他把它转赠给了我,还给我写了一个说明,说明为什么要把这本书送给我。卡洛斯说,当年把这本书送给自己的时候,博尔赫斯有一个未言明的愿望,将来希望通过卡洛斯把这本书送给一个从远方来的说着奇怪语言的人。卡洛斯说:'我查了你的资料,这个人就是你了。'就把书送我了。"

苏童道:"这个很好,这个想法非常'博尔赫斯'!博尔赫斯写过《长

博尔赫斯与学生

博尔赫斯的学生向西川赠书

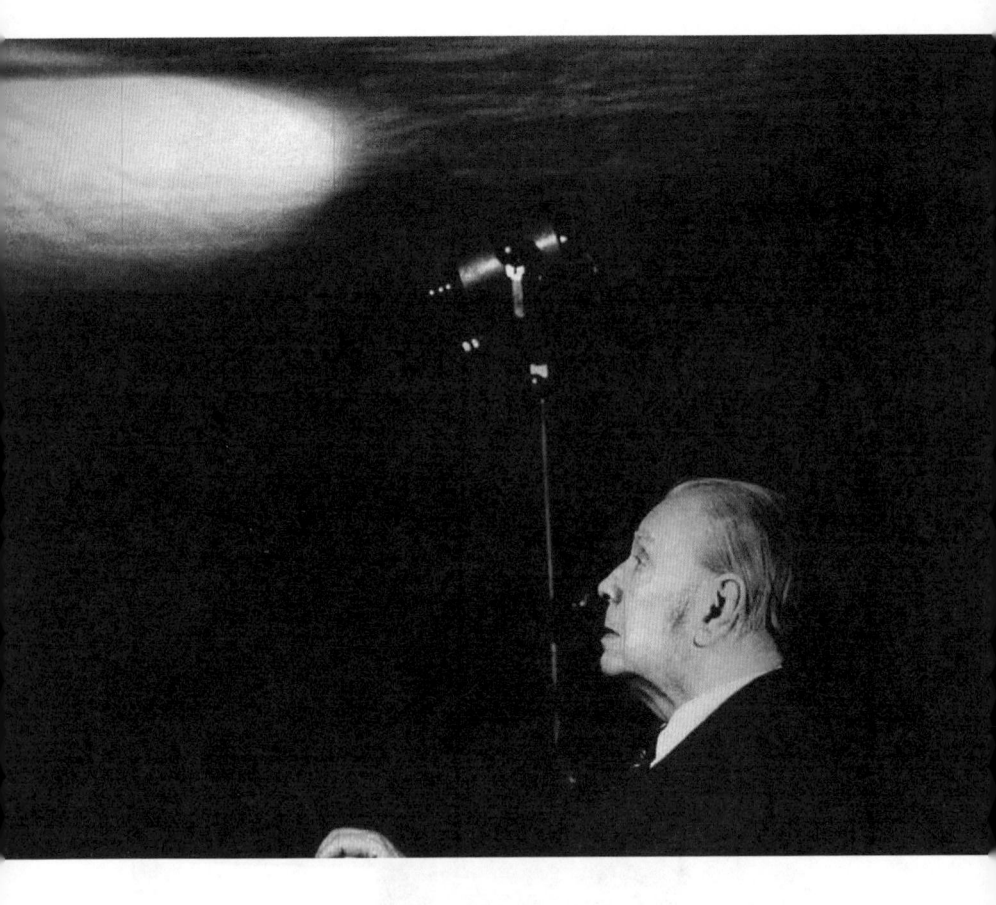

上帝同时给我书籍和黑夜，
这可真是一个绝妙的讽刺，
我这样形容他的精心杰作，
且莫当成抱怨或者指斥。

——博尔赫斯

城》，却一辈子没到过长城，终于等到了一个从长城脚下来的人。"

西川道："它是一个纪念，而且是非常神秘的缘分。那么多人去阿根廷，包括各国的译者，见过博尔赫斯见过卡洛斯，结果认定这个人就是我。每次想到这个事情都起鸡皮疙瘩，觉得这太神秘了。博尔赫斯有一篇小说叫《莎士比亚的记忆》[8]，讲的是莎士比亚死了以后把记忆传给一个人，那个人死了，再把记忆传给下一个人。我觉得这本书的得来也类乎这样的神秘。"

苏童说："四川有一个诗人写过一篇散文叫《博尔赫斯的光明》，特别动情，写的是博尔赫斯作品给他带来的感受，现在分界书店也有博尔赫斯的书了。"

西川说："博尔赫斯是小说家，也是诗人，他对我来讲是一个整体的存在。博尔赫斯对于文本本身的要求极高，是那种严格的标准之下的艺术。他的作品当中有一种精确性，这种精确，我甚至可以形容为一种数学般的精确，但这种准确是虚构的，不同于生活还原，而是跟梦结合在一起的。按说，梦是不能精确的，但他可以做到。博尔赫斯给我们提供了一种思维方式，这种思维方式甚至启发了一些当代的科学家，他给你呈现的实际上是一个宇宙，是博尔赫斯的宇宙。"

苏童道："西川是很特别，因为他是英语本科出身，他本身就做翻译。"

西川说："对，我自己也做翻译。我读的是北大的西语系，后来我们西语系分出了一部分，专门成立了英语系。我上北大时还叫'西语系'。北大西语系的历史比北大的历史还长，可以一直追溯到晚清的同文馆，后来同文馆变成了北大，西语系后来又变成了英文系和其他语系。从那时起，大翻译家开始出现，例如严复，他翻译了《天演论》；还有林纾，翻译了一些西方小说，林纾是桐城派，他能够用《尚书》的口吻来翻译西方小说。翻译《茶花女》中茶花女怀孕的场景时，林纾的翻译特别逗：'女接所欢，嫋，

---

8 《莎士比亚的记忆》，博尔赫斯的短篇小说，收录于《博尔赫斯小说集》。作品表达了作者对于毕达哥拉斯关于精神属性结论的个人看法，也表达了自己晚年对于读书这件事的深刻思考。

北大报刊资料　　　　　民国报刊资料

《茶花女》内页题字

莎士比亚肖像

而其母下之,遂病。'他是这么翻译西方文学的。中国有过几次大的翻译变迁,一次当然是五四运动以后,一些有识之士就已经在翻译外国作品了,比如说鲁迅,他早年受到尼采影响,后来开始接触苏联文化,他翻译苏联文学作品,也翻译日本作家的著作。戴望舒是好的翻译家,他翻译了特别棒的一些外国诗人的作品,**我们谈五四这一代的作家、诗人,一定要算上译者,是他们集体把世界文学带入中国的,这是他们对中国文化的贡献,而且是巨大的贡献,是了不起的一代人。**"

房琪问:"中文内容如果翻译成外文的话,会不会在内容上打折扣?"

西川说:"什么都会打折扣,外国文学翻译成中文也打折扣,其中打的折扣最大的是莎士比亚的作品。现在咱们读到的他的作品已经被美化、雅化了,实际上莎士比亚很'野'。莎士比亚当年被介绍到法国,就是路易十四那个时候,当时法国正在搞一种戏剧叫新古典主义戏剧,那些人都很抗拒莎士比亚,拒绝他到法国的宫廷,因为莎士比亚的作品非常野蛮,但在中文翻译里就没有那么野蛮的感觉。"

余华说:"我觉得这跟我们中国的传统有关,**长期以来,我们都认为文学应该是优雅的,粗俗不是文学,其实文学什么风格都应该有。**"

西川道:"莎士比亚的《十四行诗》很有名,但是你翻译成中文后就读不出它的多重含义了……当我们非常专业地讨论翻译问题的时候,'信''达''雅'这三个字是远远不够的。举个例子,在《哈姆雷特》这出戏当中,莎士比亚有一句话:'To be, or not to be, that is the question.'卞之琳先生[9]把它翻译成:'活下去还是不活,这是个问题。'但是朱生豪先生把它翻译成:'生存还是毁灭,这是个问题。'我个人认为朱先生的译文的节奏要更好一些。**每一位大翻译家在翻译外国作品的时候,都是在进行语言的实验与探索,他们的实验探索实际上也丰富了我们的中文……**"

房琪说:"我们以前经常会说音乐无国界,大家通过旋律去感受,是不是语言也可以这么说,只有译法的不同,文学本身却是相通的。"

"今天我们谈的主题其实是世界文学、外国文学对我们的影响。其实没有什么界,无界。文学无界!"苏童说道。

---

9 卞之琳,现代诗人、翻译家,主要翻译作品有《莎士比亚悲剧》《西窗集》等。

英文版《水浒传》　　　　　　　　《水浒传》英文插图

英文版《水浒传》内页　　　　　英文版《聊斋》内页

文学无界 | 283

岛屿书屋
值班手记

想知道哪本译著读来有意思,请打开《神曲》——如果你想找一个直译本,就去读田德望译的;如果你想读诗体押韵译本,就读朱维基译的。我个人非常喜欢王维克的翻译,因为王维克虽然是散文体翻译,但有点半文半白,跟原著文本的感觉比较相通,跟天堂、地狱这些因素比较契合。

我也想推荐一本小说,不是那种大经典。意大利的安伯托·艾柯写的《玫瑰的名字》,这是一本非常有意思的书,侦探小说,充满了悬念,还能够培养你的博学,它跟中世纪有关系,叙事方式很高超。安伯托是个大学者,他是符号学家,散文也写得很好,国内出版过他的《带着鲑鱼去旅行》,特别有意思……

不同的语种都有不同的译者,而且都有好的译者,有的人并不是职业翻译家,他可能一辈子就翻译过一本书,然而这本书一下子就站住了……中国文学是世界文学的一部分,在这个意义上,可以说文学无国界。

——西川

文学无界

雪白的阳光拂过椰树叶,像一双发光的手在拨弹着绿色的琴键,奏出清风与波涛的旋律。

书屋中,房琪对余华、苏童、西川说道:"各位老师,今天是我们在岛屿书屋的最后一天了,接下来一段时间属于自己,可以读一会儿自己想读的书。"

苏童、西川、余华各自选取了心仪的书,各寻去处,安静读书。

我在岛屿读书

12/12

我在岛屿读书

有厚度　有温度

余华就坐在书屋门前的小桌旁,松散地坐着,缓缓翻开书页。

"我就在书屋门前读书。这地方挺好的。像《浮士德》这样伟大的作品,你很难概括,但它肯定是一本好书,一本非常吸引人的书。我第一次读这本书的时候,不到三十岁,希望读得慢一点,很担心读完。即便如此,今天我再读的时候,发现还是有好多片段已经忘了,毕竟自上次阅读距离现在已经超过三十年了。所以我刚才在笔记本上还抄了一点东西,挺有意思的。

"有两种好书,一种好书是吸引着你一口气读完,另一种好书是当你发现就剩那么一点了就会放慢阅读速度。像《浮士德》,就属于后一种。

"我们开始阅读的时候是把 19 世纪、20 世纪文学混在一块儿读的,我在同时阅读卡夫卡和托尔斯泰。**我一直建议读经典作品,要去阅读经典,为什么?因为经典是被一代又一代的读者挑选出来的,只要这本书够流传到今天,那么它肯定就是经典了。**"

西川在一家商店前的小桌旁坐了下来,头上有伞遮阳,旁边绿树成荫。

"这儿有个小商店,有点声音,你看这多'人间',有点人间气。我

不愿意在一个名胜风景似的环境里读书,那太奇怪了,就是得找个普通的地方才好。

"我刚才从架子上拿了一本冯友兰的《中国哲学小史》[1]。我就想看一看,他是怎么用最简单、最简洁的方式理顺中国古代哲学思想的,所以我就把这个书抽出来。'二人之哲学根本上实有差异之处,朱子言性即理,象山言心即理',书里正好讨论的是中国的理学和心学,理学就是朱熹[2],心学是陆象山[3],也就是陆九渊。陆象山的心学发展到明代,出了一个大思想家叫王阳明[4],王阳明的后学当中又有一个大思想家叫李贽[5]。李贽有一

---

1 《中国哲学小史》,冯友兰的哲学类著作。作者从形而上学、人生哲学和方法论等角度切入,系统地研究了孔子、墨子等先秦诸子,以及朱熹、王阳明等宋、明道学家的哲学思想,内容简洁而深刻,生动而翔实。

2 朱熹,南宋哲学家、理学家,主张"存天理,灭人欲",代表作《四书章句集注》《楚辞集注》等。

3 陆象山,即陆九渊,南宋哲学家,"陆王心学"代表人物,因讲学于象山书院,常被称为"陆象山",主张"心即是理""吾心即是宇宙",代表作《象山先生全集》《陆九渊集》等。

4 王守仁,号阳明,故也被称为"王阳明",明代哲学家,"陆王心学"代表人物,主张"知行合一""致良知",代表作《王文成公全书》《传习录》等。

5 李贽,明代哲学家、心学家,主张"革故鼎新",代表作《藏书》《史纲评要》等。《童心说》散文,收录于《焚书》。作者在该文中主要阐述了"童心"的文学观念,认为文学必须真实坦率地表露作者内心的情感和人生的欲望。

个说法是人人都知道的,就是'童心',人应该有童心。我们现在随口一说人应该有'童心',它背后的哲学理论就是李贽的'童心说',这来自王阳明的心学。王阳明的心学来自陆九渊的心学,陆九渊的心学和朱熹是对着的,因为朱熹讲天理,'天理'是一个比较外在的东西,陆象山的心学讲的是从心出发,是一个内在的,心学是哲学史上一个很大的突破。

"朱熹跟陆象山之间的区别、跟心学之间的区别,有点像战国诸子中荀子跟孟子的区别。孟子讲恻隐之心,所以人性善[6];荀子讲人性恶,所以重礼制[7]。你会发现中国哲学里边其实有两条线:一条线是强调外在的东西对人的束缚,另一条线是强调内心的天然本真。这种内心的天然的东西在孟子看来是人性本善,这个其实很有意思。我个人的阅读是有一些哲学书的,中外哲学都读。关于哲学的书很多,普通的读者要是对哲学有兴趣,我觉得可以看一看罗素的《西方哲学史》[8],罗素自己就是大哲学家,他的《西方哲学史》可以帮你捋一遍西方哲学。中国古代哲学史,看冯友兰的。冯友兰有不同版本的中国古代哲学史,他有一本书,叫作《中国哲学史新编》[9],是用新的方法写旧的思想,可以读读。

"**离开了阅读的精神世界,几乎很难说就是精神世界了。阅读最有意思的地方是让人跨越范围,**因为每一个人的生活都是有限的,无非是跟身边的人、跟单位里的人、跟某条街道上的人打交道,**而阅读能够让你跨越范围,跨越边界,使你跟一个远方的人或者跟古代的人,甚至可以跟未来的人形成一个对话关系,这对精神世界是非常重要的。**一个人不可能完全不进行

---

6 孟子性善论,是战国时期孟子提出的人性论述,认为人性本善,人之为善是他的本性的表现,人之不为善是违背其本性的。

7 性恶论是战国时期荀子提出的人性论述,主张人性有"性"和"伪"两部分,强调后天环境和教育对人的影响。

8 《西方哲学史》,英国哲学家伯特兰·罗素的哲学类著作,作者以逻辑实证主义的观点,对古希腊时期到20世纪中叶的西方哲学史进行了独到的梳理和批判。

9 《中国哲学史新编》,冯友兰的哲学类著作,本书以时代思潮为纲,以对每个思潮中哲学中心问题的阐释为要,对中国哲学史做出了全面深透的研究,呈现出了中国人高度浓缩的精神世界。

对话而声称自己有精神世界,你总得跟别人有对话,阅读是一个很重要的'对话'渠道。"

苏童挑了一本《鲁迅书信》[10],独自坐在海边。

"这是1936年鲁迅先生写给一个叫颜黎民的信,颜是个文学青年——"

> 颜黎民君:昨天收到十日来信,知道那些书已经收到,我也放了心。你说专爱看我的书,那也许是我常论时事的缘故,不过只看一个人的著作,结果是不大好的;你就得不到多方面的优点。必须如蜜蜂一样采过许多花,这才能酿出蜜来,倘若叮在一处,所得就非常有限,枯燥了。……说起桃花来,我的门外却有四尺见方的一块泥土,去年种了一株桃花,不料今年竟也开起来,虽然少得很,但总算已经看过了。至于看桃花的名所是龙华,也有屠场,我有好几个青年朋友就死在那里面,所以我是不去的。

---

10 《鲁迅书信》,鲁迅书信集,共四册,收录了鲁迅先生的大部分书信。作品囊括的思想极其丰富,体现了鲁迅先生观察社会问题的深刻性和透辟性,以及把脉社会发展的前瞻性。

"这么一个大师给一个文学青年回信,谈到了龙华的桃花,然后想到'左联五烈士'[11]。"

临了,我要通知你一个你疏忽了的地方,你把自己的名字涂改了,会写错自己的名字的人是很少的。所以这是告诉了我你所署的是个假名,还有我看你是看了《妇女生活》里的一篇《关于小孩子》是不是?就这样结束吧,祝你们好。

鲁迅

四月十五号夜

"很有意思,鲁迅注意到给自己来信的这个人把名字改了,所以他一眼就看出'颜黎民'是假名,这很有意思……

"阅读从某种意义上说是个习惯,像我们这个年代的人说起阅读,他想到的是拿起一本书。**书有厚度,有温度**,尤其是一本老书,它会留有很多痕迹。你买到一本旧书,这旧书上有一个陌生人留下的批注、涂鸦,甚至有茶渍留在书页上,这其实都很有意思。阅读对于现代人而言,如果能安静地读书,尤其在海岛读书,实在是很奢侈的一件事,不是所有人都能做到。但**我相信,如果你一生读了好多书,老了不会后悔的,因为你的记忆比别人多,你对这个世界的理解也比别人丰富一点,甚至可能深刻一点,复杂一点。**

"在过往阅读或写作中,岛屿对我来说是一个特别的意象。这次来到岛屿读书的体验完全超出了我原本的想象,这是一个完全不同于居家书屋的环境。**有时候你想读书,确实需要邀请自己一下,把自己放到一个脱离日常生活的环境中去,摆脱一些俗务,看看书,进入书中的世界。**"

11　"左联五烈士",指李求实、柔石、胡也频、冯铿、殷夫五位左翼文化工作者。五位烈士是当时中国文坛的新锐力量,于1931年在上海龙华遇害。

生活成诗 ℓ 未来成行

房琪引着余华、苏童、西川来到海边一处木制平台,到处挂满了橘黄色灯盏。柔和的光影闪烁在夜里,犹如给栅栏披上一件星空状的外衣。

房琪抱来一摞书,道:"这些书不太一样,有一些读者寄来了很多书,有些读者还在扉页上或卡片上写了一些文字,各位老师可以看一下。"

苏童拿起一本《人类群星闪耀时》[1],翻开封面,念起了读者写给岛屿

---

[1] 《人类群星闪耀时》,奥地利作家斯蒂芬·茨威格的传记,是作者享誉世界的经典之作。作品选取了历史上十四个重要的瞬间,描绘了十四个历史人物的不凡人生,借由一个个鲜活的生命,将人类文明的辉煌历史全景展现于读者眼前。

书屋的一段话——

分享一点读书的感受：有一句话，伟大的人之所以伟大，是因为他们选择到不朽的事业中寻求庇护。单纯读书也许不能称为一项事业，但作为一种人类知识绵延的方式，作为人类个体朝圣、求善的路径，说读书不朽是恰当的，与我也真如庇护所一般，很多伟大的作品都是在特定时刻创作出来的，逝去的先知照耀着人类前行。

"写得不错！"苏童感叹道。
房琪拿起一本莎士比亚的《十四行诗》，道："这位读者写得非常用心，他自己也开了一家书店。他寄来了一封信——"

> 您好,我是扬州野百合书店的"呆羊"。寄这本梁宗岱[2]翻译的《莎士比亚十四行诗》,因为我曾经无数次幻想过一个画面,有一个书友来到书店,在书架上发现了这本书,他如获至宝。很可惜到目前为止五年了都没有出现。名家、名作、名翻译这类好书值得让更多人看见。独立小书店就是这样,我挑选了很多自己喜欢的书,可惜并没有太多人愿意走进来看一看。阅读其实是一件奢侈的事情,当我们的生活被不良情绪占据,哪里还有阅读的角落呢?时间是宝贵的,在时间面前金钱不值一提,所以大家如果读书,请一定读好书,真心没有太多阅读的时间拿来浪费。请原谅,我一说到阅读就有点停不下来。作为一名江苏全民阅读推广人,我想抓住机会让大家走进阅读,岛屿并不荒凉,还是三五好友同行,真是一段舒心的旅程。诗歌会带走黑暗,让我们对生活、对未来充满希望。

"说得好!"西川拿过书来,"我看谁译的。这是梁宗岱翻译的,梁宗岱的翻译非常好,这位真是懂行的人。"

余华道:"那个时代的翻译家是因为迷上了翻译,其实他们要是写小说的话,是非常优秀的小说家。"

房琪又拿起一本《岛上书店》,翻到扉页,读道:

> 将《岛上书店》赠与岛屿书屋是一件很有意思的事儿,希望未来生活成诗,希望你我未来成行。

余华说:"说得好。这句话说得挺好的。"

---

[2] 梁宗岱,现代诗人,翻译家,代表作《诗与真》《晚祷》等。

某读者写在《三个火枪手》上边的一句话,引起在场老师的满堂喝彩——"二十年后重读这本书,仍然觉得自己在读一本披着法国文学外衣的武侠小说。"

房琪翻出一封信,看向余华说:"老师,这是写给您的。"

亲爱的余华老师,您好:

　　思索很久,此信的抬头用"尊敬"还是"亲爱",回忆起学生时代打着手电在被窝中翻看《兄弟》《活着》等作品时的场景,还是用"亲爱"更显亲切。

　　对我来说,您更像一位大叔,一位在茶馆喝茶时讲着曾经的故事、下面带着一帮学生的大叔,打开书时人在文中,合上书人在身旁。在您的书中我读到最多的不是故事本身,而是自己的欲望、好奇以及人性的正反面。一张照片、一卷胶片、一段战争或者让我无法直接感受到乡土的实貌,唯有故事才能让千千万万缩影到一个人和一件事中。最后,祝余华老师在《我在岛屿读书》玩得开心。

刘皓

房琪又拿起一本,翻开,上边依然是写给余华的一段话:

尊敬的余华老师,您好:

  我是一名来自三沙永兴岛上的气象工作者。我在三沙工作十余年,经历过物资匮乏、交通不便、没有网络通信的时代,读书是伴随我生活的一项重要内容。很是惭愧,我是通过同名电影《活着》才知道的您,这也是我读过的唯一的您的书。读完那本书的感受就是四个字:热爱生活。得知您在距离我很近的分界洲岛读书,希望能有机会去书屋参观,借此募书的机会祝福您!

气象人孙立

  听着读者的心声,众人时而会心一笑,时而肃然点头。身边海风轻柔,头上星空灿烂,这让大家的话题再次回到茨威格的《人类群星闪耀时》。

  余华说:"他抓住某一个历史中的小点,认为它决定了历史的变化,

但这个东西有很大的虚构成分。比如说在拜占庭的'小门',拿破仑手下的将军迟疑了一两秒钟,这就有点戏剧化。我想到一本书叫《摩登时代》,上、下两卷,非常好。一本是 20 世纪的历史,它上来讲到 1919 年 5 月一群天文学家到了西非的一个观测台,要去拍日食。因为爱因斯坦提出相对论以后,必须要有三个证明,观测日食就是最重要的一环。而之前牛顿的宇宙观已经统治世界两百年了,但按照牛顿的理论,每一次日食的预测光线都有偏差,科学家们也终于等到了这一天的日食。拍日食的时候,要拍大概二十张的照片。拍完以后,当时非常重要的一个天文学家用尺子去量,按照爱因斯坦广义相对论推测,照片对比的偏转角应该与预测数据差不多对上。当时他的助教就很担心地问教授:'假如证明牛顿和爱因斯坦都错了,那怎么办?'教授就跟他说:'你就另外去找工作。'后来,测量结果证明了爱因斯坦是对的,他们就在岛上搞了一个盛大的发布会,会上有巨大的牛顿的肖像,以此来证明牛顿的宇宙观错了……所以爱因斯坦是 20 世纪最明亮的一颗星。"

苏童道："我个人觉得人类最璀璨的星是伏尔泰和卢梭。刚才余华讲到了科学，我认为法国的启蒙运动了不得，在整个人类历史进程当中真正起到了影响。所以伏尔泰和卢梭不光是法国的，也是全世界的，他们在漫长的中世纪后，开启人的自信，提醒人的价值，在人的价值观上颠倒乾坤的是这两个人。"

西川说："他们说的都是外国人，我说一个中国人。中国有句老话叫作'天不生仲尼，万古如长夜'。孔子，不管怎么说，他都是一颗星。"

房琪深有感悟地说道："最近跟老师相处了这么长时间，我也在思考阅读的意义到底是什么。我记得苏童老师跟我讲，**阅读可以决定认知长度**。我也记得余华老师讲，**跟一本书的相遇其实需要一点缘分**。包括跟西川老师在崖壁看浪花卷起千堆雪，这些瞬间让我明白，其实**阅读的意义是让我们能有机会走近这些璀璨的星，让我们能用一种方式，在一个不同的空间里相互对话，彼此遇见**。我想，这个可能是读书的意义所在。我以为我见过浪漫的样子，比如暗恋时抄写的歌词、课桌里没有拆封的情诗，还有婚礼上他套在我无名指上的戒指，但原来在这个小岛上的浪漫可以更奢侈，奢侈到海风替我翻书页——书上说十八岁出门远行的少年路过香椿街，奢侈到崖壁为我讲故事——讲了'阿Q'与《人世间》，也讲了'镖客'与'荒野'。我们会谈论'浪花佯装成千堆雪'，这浪花会记录'海上月是天上月'。您猜，这些浪漫如诗的日子会怎样影响一个青年？大概是让他明白，原来缘分也可以用来形容和一本书的遇见。谢谢各位老师。"

余华赞道："说得多好！真好太好了，谢谢房琪。"

西川说："Perfect（完美）。"

苏童鼓掌道："说得真好。"

"谢谢老师！"房琪说，"今天是我们在这个岛上的最后一天了，我们回顾一下过去发生的事情吧……"

岛屿书屋
值班手记

　　对于这个书屋,我是有担心的。我特别怕进到一个书屋,煞有介事,假模假样,安排一点时髦的书,然后我们几个在这儿表演做戏,我特别怕这个东西。但来到这儿以后,我发现这里是一些不错的书,是一些真正值得读的书。书,既是一个内容的概念,也可以是一个形式的概念。我见过拿书壳装饰的一个酒吧、一个会所,全是假书,那是形式上的。从内容方面讲,读那些"鸡汤"不行,那只是印在纸上的字。如果有到海南的朋友,我一定会跟他们提起分界洲岛,一定会提起岛上有一个书屋,让他们来转一转。他有可能偶尔打开一本书,看到余华的签名,看到苏童的签名,看到我们这些朋友的签名,就会觉得我们一直都在这儿。

——西川

　　希望我下次来分界洲岛的时候,这个书屋还在,它不一定比现在更好,但不要变成一个废物,这是我的希望。

——苏童

　　会很想念这个书屋的,我想它肯定会一直开着。下次要是再来三亚的话,我会抽出时间来分界洲岛,到这个书屋里边,像一个读者一样坐一会儿。

——余华

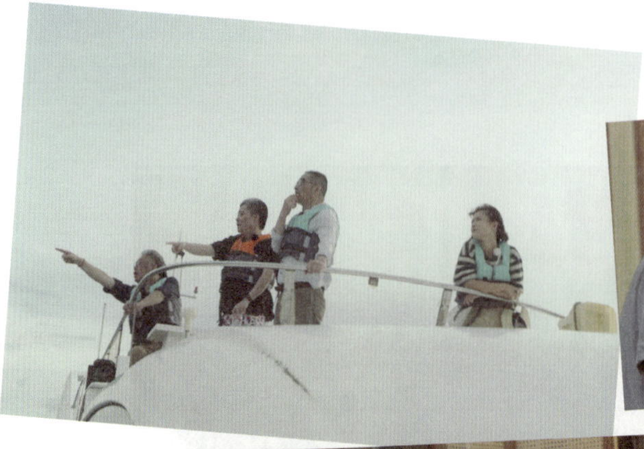

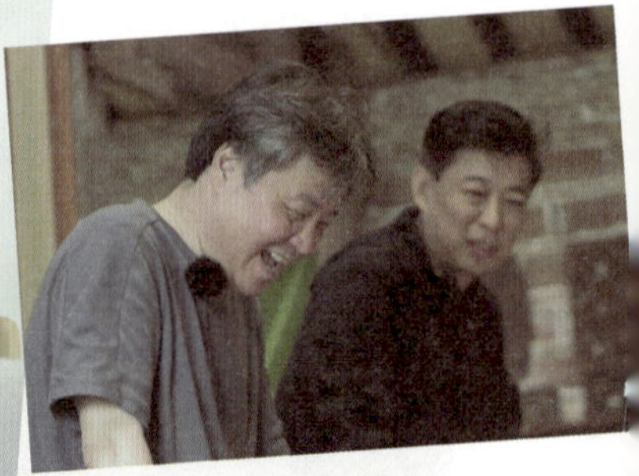

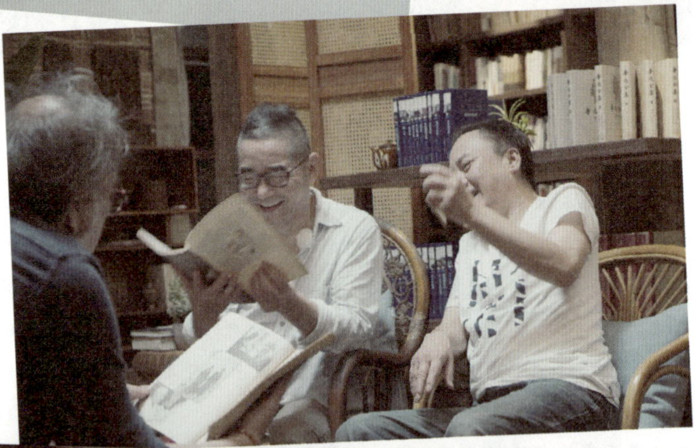

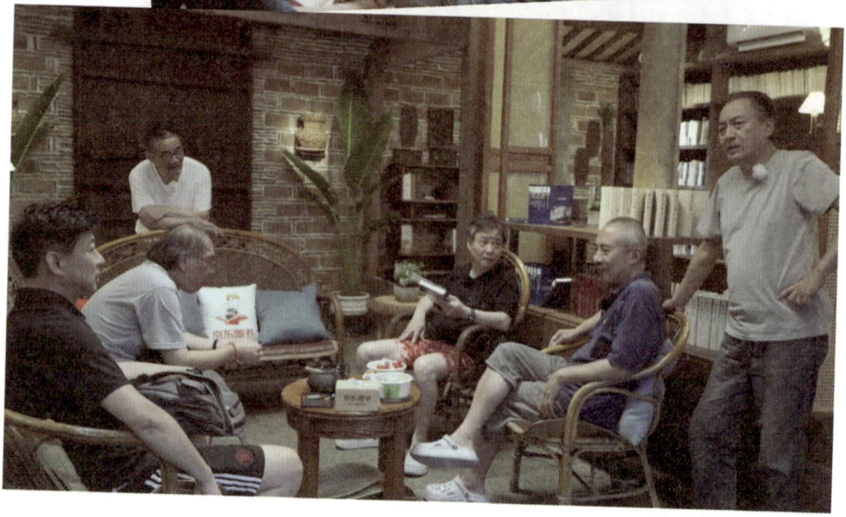

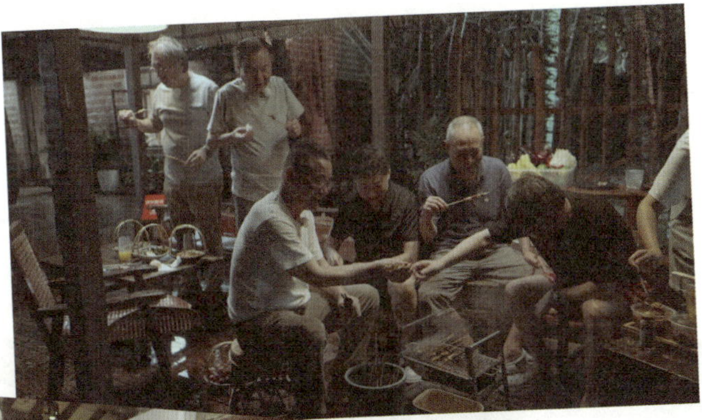

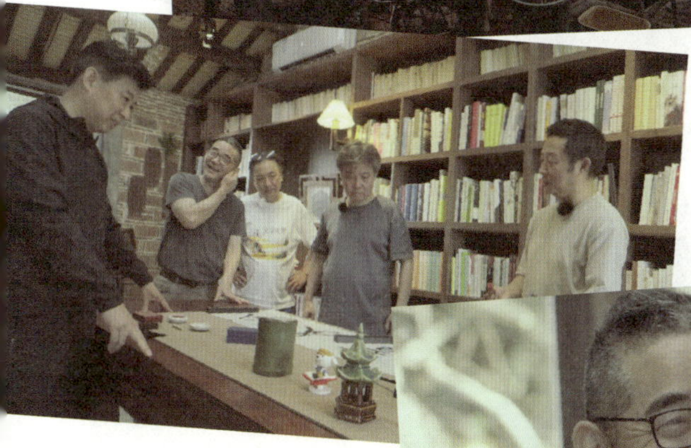

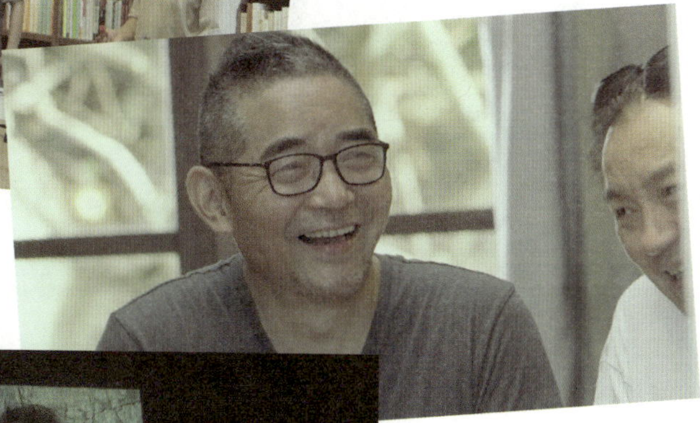

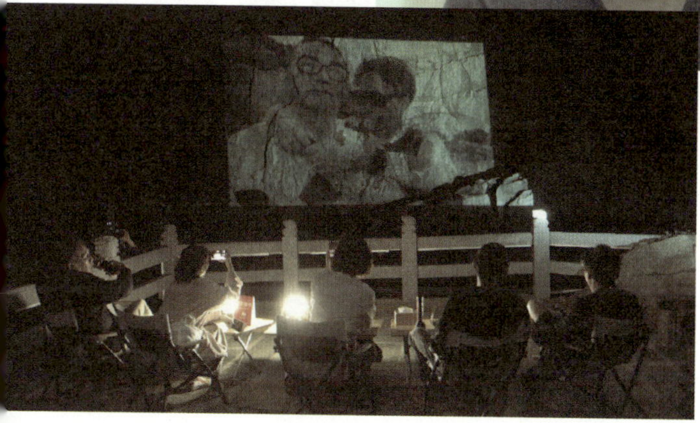

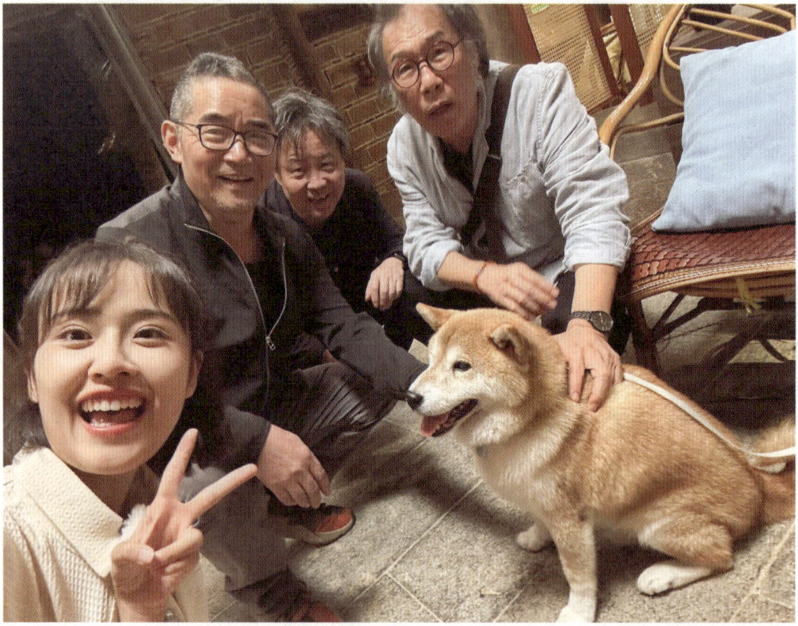

《我在岛屿读书》

| 总 顾 问 |
戴一波

| 总 监 制 |
孙 毅　郭海峰

| 特 邀 策 划 |
顾 夏

| 策　　　划 |
党袈玮　唐 羊　马文富

| 营 销 支 持 |
侯庆恩　黄 琰

番茄
FANQIE

让好故事影响更多人

番茄小说　今日头条　抖音　西瓜视频